Frank Schwieger

Ich, Zeus, und die Bande vom Olymp

Götter und Helden erzählen griechische Sagen

DAS BIN ICH

Hier Kannst du deinen Namen hin-schreiben

Hier ist Platz für ein Bild von Dir!

- ☐ sterblich
- ☐ unsterblich

ZU MEINER FAMILIE GEHÖREN

Mal doch ein Bild von deiner Familie

zeichne, wo du wohnst

MEINE HEIMAT IST

DAS KANN ICH BESONDERS GUT

DAS MAG ICH GANZ UND GAR NICHT

© privat

Frank Schwieger, geboren 1968, wuchs in Holstein auf. Nach einem Latein- und Geschichtsstudium ist er seit 1999 als Gymnasiallehrer tätig. Er lebt mit seiner Familie in der Nähe von Rendsburg. Bei dtv junior sind bereits diverse historische Romane für Kinder und Jugendliche von ihm erschienen.
Weitere Bücher von Frank Schwieger bei dtv junior, siehe Seite 4.

Ramona Wultschner wurde 1987 in Heilbronn geboren. Sie studierte Design in Pforzheim und zog danach in ein kleines Örtchen zwischen Düsseldorf und Köln. Von dort aus wirkt sie bei Trickfilmproduktionen, Kinderbüchern und Spiele-Entwicklungen mit. Am liebsten ist sie in der Natur, spielt mit ihren verrückten Katzen, isst pappsüßes Zeug und zeichnet oder malt in ihren Skizzenblock, den sie immer bei sich trägt.

von

TRANK SCHWIEGER

Ich, ZEUS, und die Bande vom OLYMP

Götter und Helden erzählen griechische Sagen

Mit Illustrationen von
Ramona Wultschner

dtv

Von Frank Schwieger sind außerdem bei dtv junior lieferbar:
Ich, Caesar, und die Bande vom Kapitol
Ich, Odin, und die wilden Wikinger
Ich, Merlin und die furchtlosen Ritter
Ich, Kleopatra, und die alten Ägypter
Der Schiffsjunge der Santa Maria
Die Rache des Gladiators
Das Löwenamulett
Flucht aus Rom

in memoriam
Maria Rutenfranz
(1964-2016)

für Simon und für Daniel
und für all die anderen

Ungekürzte Ausgabe
7. Auflage 2021
2019 dtv Verlagsgesellschaft mbH & Co. KG, München

Umschlagbild und -gestaltung: Ramona Wultschner
Gesetzt aus der Optima
Satz: Simone Horlacher/dtv
Druck und Bindung: CPI books GmbH, Leck
Printed in Germany · ISBN 978-3-423-71819-6

VORWORT

Irgendwann bin ich explodiert. Aber so richtig! Ich habe den ganzen Olymp zusammengebrüllt und mit meinen Blitzen und Donnerkeilen nur so um mich geworfen. So ein Gewitter hat der Erdkreis noch nicht gesehen. In allen Ecken der Welt hat es geknallt und gekracht. Ein wahrhaft göttliches Feuerwerk.

Warum ich so sauer bin? Weil ihr Menschen mir gehörig auf die Nerven geht. Seit bald dreitausend Jahren bildet ihr euch ein, ihr wüsstet alles über uns. Ein Typ namens Homer hat im alten Griechenland damit angefangen. Und seitdem glaubt jeder, er könnte über uns schreiben und Halbwahrheiten, Verdrehtes oder einfach nur Erfundenes über uns Götter und Helden in die Welt setzen. Und ihr Kinder glaubt den Blödsinn auch noch.

Aber damit hat es jetzt ein Ende, das kann ich dir sagen. Schluss mit dem Geschreibsel – JETZT REDEN WIR!

Ich habe Hermes den Auftrag erteilt, meine größten Götter und Helden aufzusuchen und sich von ihnen ihre Geschichte erzählen zu lassen. Damit ihr endlich die WAHRHEIT über uns erfahrt. Und zwar aus ERSTER HAND. Hermes war bald zurück auf dem Olymp. Mit etlichen Abenteuern in der Tasche. Ich selbst habe das Werk als krönenden Abschluss mit meiner Geschichte bereichert. So ist ein wundervolles Buch entstanden, in dem endlich, endlich, endlich nichts als die Wahrheit über uns steht, und zwar die reine Wahrheit, die ganze Wahrheit, die göttliche und unverfälschte Wahrheit.

Wehe, einer von euch Menschen kommt auf die Idee, diese Wahrheit anzuzweifeln! Hier in meinem Palast auf dem Olymp liegen noch genug Blitzbündel bereit, die ich absolut treffsicher verschleudern kann!

ZEUS.
(Götterkönig)

INHALTSVERZEICHNIS

ACHILLEUS
Manchmal werde ich auch „DER Jähzornige" genannt.
Strahlend BLAUE Augen
langes blondes Haar
ein richtiges Kraftpaket
Den OberKörper trage ich FREI, damit auch alle meine MusKeln bewundern Können!
Hier bloß nicht stechen!
Aua
Man nennt mich auch: DIE KAMPF MASCHINE
Ich bin ein ECHTER HINGUCKER!
DER (BEINAHE) UNVERWUNDBARE

DAS BIN ICH

Achilleus

Die Römer nannten mich: ACHILLES

☒ Sterblich

☐ unsterblich

ZU MEINER FAMILIE GEHÖREN

meine Mutter Thetis, eine **Meeresgöttin**, und mein Vater Peleus, ein großer HELD, allerdings ein Sterblicher, sodass auch ich als Sterblicher geboren wurde, obwohl meine Mutter unsterblich ist. Damit hatte sie ein echtes **Problem**, das wirst du noch sehen. Geschwister habe ich keine, dafür einen **berühmten** Urgroßvater: Das ist der Göttervater persönlich, der große Zeus, er war nämlich der Opa meines Vaters Peleus.

MEINE HEIMAT IST

Thessalien, eine bergige Landschaft auf dem griechischen Festland.

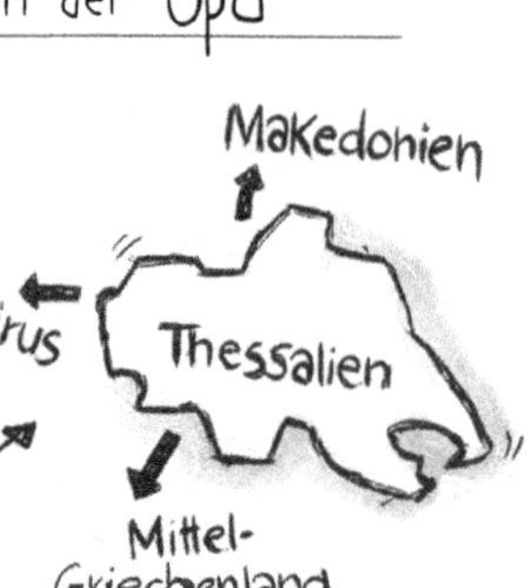

Mein Vater war dort König über das Volk der Myrmidonen.

DAS KANN ICH BESONDERS GUT

Den SPEER und die LANZE gebrauchen, den SCHILD und das SCHWERT. Ich bin nämlich der GRÖSSTE Kämpfer, den Griechenland JE gesehen hat. Wenn irgendwo ein »Krieg« tobt, MUSS ich einfach dabei sein. Da kann ich RUHM und EHRE erringen, die meinen Namen unvergesslich machen!

DAS MAG ICH GANZ UND GAR NICHT

Wenn irgendwo ein KRIEG tobt – und ich darf nicht daran teilnehmen. Das finde ich einfach unerträglich. Und wenn man mir in die linke Ferse sticht, das mag ich AUCH nicht, da bin ich ganz, ganz empfindlich!!

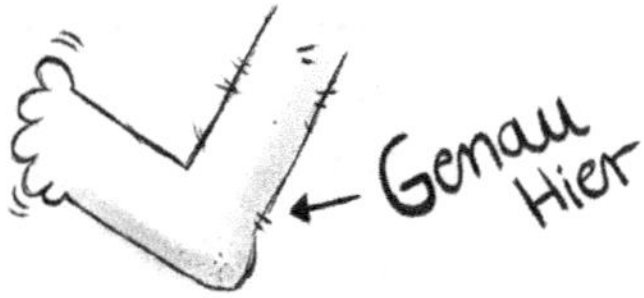

Dies ist meine Geschichte

Meine Mutter Thetis wollte so gerne einen unsterblichen Sohn haben. Du kannst das bestimmt verstehen: Alle Mütter sorgen sich um ihre Kinder. Da ist es am besten, wenn diese unsterblich sind, dann kann ihnen nichts passieren. Und dann bekam sie ein Kind nach dem anderen, insgesamt sieben. Natürlich wollte meine Mutter wissen, ob sie unsterblich waren. Und was hat sie gemacht, um das herauszufinden? Sie hat die Kleinen in einen Topf mit kochendem Wasser geworfen. Leider waren sie nicht unsterblich. Darum habe ich keine Geschwister. Vielleicht wäre ich etwas ruhiger geworden, wäre ich mit Geschwistern aufgewachsen. So als Einzelkind konnte ich ja immer tun und lassen, was ich wollte. Meine Mutter hat mir fast alles erlaubt, sie war ja so vernarrt in mich.

Wieso ich nicht in einen Kochtopf geworfen wurde? Mein Vater Peleus hat das verhindert. Er hatte genug davon, seine Kinder gleich nach ihrer Geburt wieder zu verlieren. Er freute sich auch über ein sterbliches Kind, wahrscheinlich weil er selbst ein Sterblicher war. Als Thetis mich zum Kochtopf schleppte, machte er ihr eine Riesenszene und riss mich aus ihren Händen. Gut, dass mein Vater sich damals durchgesetzt hat. Das kam leider nicht oft vor, meine Mutter ist ja eine Göttin, da hatte mein Vater nicht viel zu melden. Auf jeden Fall bewahrte er mich vor dem kochenden Wasser, dafür bin ich ihm wirklich dankbar.

Nun hatten die beiden endlich einen Sohn, auch wenn er sterblich war.

Meine Eltern hatten mich wirklich lieb, das kann ich dir sagen, meine Mutter sogar so sehr, dass sie wenige Tage nach meiner Geburt mit mir in die Unterwelt ging. Nein, nicht um mich dortzulassen, dann hätte sie mich ja gleich in den Kochtopf werfen können. Sie überredete Hades, den Gott der Unterwelt, sie zu den Ufern der Styx durchzulassen. Die Schatten der Toten müssen ziemlich gestaunt haben, als eines Tages eine Meeresgöttin mit einem Baby auf dem Arm mitten durch sie hindurchschritt. Keine Ahnung, was die Schatten gedacht haben. Können Schatten überhaupt denken?

Die Styx ist ein großer Fluss, musst du wissen, der durch das finstere Reich des Hades fließt. Wer in diesen Fluss eintaucht, wird unverwundbar. Soweit ich weiß, bin ich der einzige Mensch, der in diesem Fluss gebadet hat. Na ja, gebadet ist wohl der falsche Ausdruck, ich konnte ja noch nicht schwimmen. Meine Mutter packte mich an der linken Ferse und tauchte mich in das schwarze Wasser. Bestimmt habe ich laut geschrien. Aber wenigstens war es kein kochendes Wasser. Dummerweise hielt sie meine Ferse so fest, dass die mit dem Wasser nicht in Berührung kam. Darum ist meine linke Ferse die einzige Stelle an meinem Körper, an der ich verwundbar bin. Irgendwann als Junge merkte ich das und erzählte es meiner Mutter. Die meinte, dass das nicht so schlimm sei. Wegen einer verwundbaren Ferse würde ich schon nicht sterben.

Als ich sieben oder acht Jahre alt war, musste ich Phthia, die Hauptstadt unseres Reiches, verlassen. Ich sollte etwas lernen, zur Schule gehen. Als meine Eltern mir das erzählten, freute ich mich zunächst. Phthia ist, um ehrlich zu sein, ein langweiliges Kaff in den Bergen, ich wollte endlich mal etwas sehen von der Welt. Doch als mir meine Eltern sagten, wo ich zur Schule gehen sollte, zerplatzte meine Freude. Ich sollte in einen abgelegenen Winkel des Gebirges gehen und dort die Schule eines Kentauren besuchen.

Weißt du, was ein Kentaur ist? Ich hoffe nicht, dass deine Lehrer so aussehen. Ein Kentaur ist ein Pferd mit dem Oberkörper eines Mannes. Oder ein Mann mit dem Unterkörper eines Pferdes, also ein Mann mit vier Beinen, Hufen und einem Pferdeschwanz. Hübsch ist was anderes. Meine Mutter musste all ihre Überredungskünste aufwenden, um mich in diese Schule zu bringen. Als ich dann noch erfuhr, dass ich der einzige Schüler dieses Pferdelehrers sein sollte, verging mir auch die letzte Lust. Aber ich ging trotzdem, meinen Eltern zuliebe. Und ich habe es, da muss ich ehrlich sein, nicht bereut.

Mein Lehrer hieß Cheiron, er war ziemlich alt, und schon nach einigen Tagen machte mir sein Äußeres nichts mehr aus. Allein an das Klappern der Hufe konnte ich mich nie so richtig gewöhnen. Auch nicht an die Pferdeäpfel, die er hier und da fallen ließ. Aber Kentauren können wohl nicht anders. Cheiron war ein großartiger Lehrer, das sage ich gerne, ein weiser Pferdemann. Er brachte mir nicht nur Lesen, Schreiben und Rechnen bei, nicht nur Geschichte und griechische Landeskunde, nicht nur Ringen, Boxen, Laufen und Diskuswerfen, nein, Cheiron war auch ein ausgezeichneter Dichter und Musiker, ob du's glaubst oder nicht.

Er konnte unzählige Gedichte und Lieder auswendig, ich musste sie auch alle lernen, auch wie man sie auf der Lyra spielt. Ich habe mir die Finger blutig gespielt, das kann ich dir sagen, und gesungen wie Apollon persönlich. Wenn ein Ton danebenging, schlug mir Cheiron mit dem Stock auf die Finger. Das war nicht so angenehm, also habe ich mich einfach mehr angestrengt. Mein Lieblingsfach war natürlich die Kampfkunst. Ach, wie habe ich das geliebt, das Bogenschießen, den Speerwurf, den Umgang mit Schwert und Schild! Cheiron brachte mir alle Tricks bei. Und ich war schnell. Und gut. Und wurde immer besser. Bald erfand ich eigene Tricks, mit denen ich meinen Lehrer überraschte. Er kam aus dem Staunen kaum mehr heraus. Irgendwann gab er es auf, er konnte mir in diesem Fach nichts mehr beibringen. Ich war einfach großartig.

Doch irgendwann war auch diese schöne Schulzeit zu Ende. Ich war sechzehn, als der Pferdemann mich nach Hause schickte. Er hatte mir alles beigebracht, was er wusste und konnte. Jetzt wartete der Ernst des Lebens auf mich, wie er sagte.

Ich freute mich riesig auf meine Eltern. In den letzten Jahren hatte ich sie immer nur zwischendurch gesehen, in den heißen Sommermonaten hatte ich ja Ferien. Aber jetzt wollte ich lange zu Hause bleiben und mich darauf vorbereiten, König zu werden. Mein Vater war in die Jahre gekommen, man sah ihm an, dass er in absehbarer Zeit in die Unterwelt einziehen würde. Meine Mutter war unverändert. Göttinnen altern ja nicht. Aber mir blieben nur zwei Jahre in Phthia, denn dann zog ein großes Unheil herauf. Ein Krieg bahnte sich an.

Agamemnon, der mächtigste König in ganz Griechenland, scharte die größten Krieger um sich und wollte die Stadt Troja angreifen. Das ist meine Chance, dachte ich, als die Neuigkeit mit einiger Verspätung in unser Bergstädtchen gelangte. Endlich Krieg! Endlich konnte ich zeigen, was ich draufhatte! Aber meine Eltern hatten andere Pläne. Meine Mutter war nämlich, als ich bei Cheiron war, zu einem Orakel gegangen und hatte sich nach meiner Zukunft erkundigt. Typisch Mütter, sind immer besorgt. Das Orakel hatte sich natürlich nicht festgelegt, das tun Orakel nie. Es sagte, dass ich entweder ein langes glückliches Leben mit vielen Kindern und Kindeskindern haben würde, nach dem sich keiner an mich erinnern wird, oder dass ich jung sterben würde, aber als ruhmreicher Krieger, an dessen Namen sich die Menschen auf ewig erinnern würden.

Meine Mutter wollte mich vor dem frühen Tod bewahren und schickte mich, als Agamemnon die Griechen für seinen Feldzug gegen Troja sammelte, zu König Lykomedes auf die kleine Insel Skyros. Dort musste ich mir, das war mir echt peinlich, Mädchenkleider anziehen. Der König hatte nämlich zwölf Töchter. Bei denen sollte ich leben, zwischen denen sollte ich mich verstecken, damit mich ja niemand finden und nach Troja schleppen könnte. Die anderen Griechen waren nämlich mächtig an Achilleus aus Thessalien interessiert. Warum? Es gab eine Weissagung, dass die Griechen den Krieg nur gewinnen könnten, wenn der starke Achilleus mit ihnen zöge. Keine Ahnung, wer das in die Welt gesetzt hat. Aber mir war es eigentlich ganz recht. Ich wollte ja mit! Ruhm und Ehre – herrlich! Nur meine Eltern wollten das nicht, besonders meine Mutter. Besorgte Mütter können einem ganz schön auf die Nerven gehen.

Sie suchten mich. Agamemnon hatte seine Leute ausgeschickt, um mich zu finden. Ohne mich wollte er nicht losziehen. Ein Krieg zog auf, und der große Achilleus lief in Mädchenklamotten über eine abgelegene Insel. Kannst du dir vorstellen, wie ich mich fühlte?

Eines Tages kam hoher Besuch in den Palast meines Gastvaters. Odysseus, der König von Ithaka, einer der engsten Vertrauten des Agamemnon, hatte sich angekündigt. Mir war sofort klar, was er hier suchte. Oder besser: wen er hier suchte.

Er saß mit König Lykomedes in der großen Halle. Sie hatten gerade ihre Gastgeschenke ausgetauscht, wie es üblich ist bei uns Griechen. Da wurden wir, die Töchter des Königs, hereingerufen. Mann, war mir das peinlich. Ich trete zum ersten Mal dem berühmten Odysseus unter die Augen – mit Ohrringen, einer prächtigen Perlenkette, frisierten Haaren und in einem roten Kleid. Ich habe mich in Grund und Boden geschämt. Danke, Mama!

»Das sind meine Töchter«, stellte Lykomedes uns vor. »Mein ganzer Stolz.«

»Ich zähle dreizehn«, sagte Odysseus und musterte uns kritisch. »Ich dachte, du hättest nur zwölf.«

Der schlaue Fuchs, dachte ich. Er weiß genau, was hier läuft. Aber ich lächelte tapfer weiter, genau wie meine zwölf »Schwestern«.

»Nein, nein, es sind dreizehn«, log Lykomedes. Er hatte meiner Mutter versprochen, mich nicht zu verraten. »Sie müssen auch gleich wieder gehen, sie haben … äh … Unterricht.«

»Dem will ich nicht im Wege stehen«, sagte Odysseus listig. »Unterricht ist wichtig. Aber denkt immer daran, liebe Mädchen, ihr lernt nicht für die Schule, sondern fürs Leben.«

Die Mädchen kicherten belustigt. Bei allen Göttern, waren die Hühner albern! Ich hielt mich dezent im Hintergrund.

»Du hast eine sehr große Tochter, Lykomedes. Die große Blonde dort hinten.« Odysseus grinste verschlagen. »Sie scheint auch sehr kräftig zu sein. Ich sehe starke Arme. Gar nicht typisch für ein Mädchen.«

»Ja, ja, das ist Achillea. Meine älteste Tochter. Sie ist etwas aus der Art geschlagen. Aber nun schleicht euch, Mädchen. Der Lehrer wartet nicht gerne.«

»Halt!«, rief Odysseus. »Ich habe noch Geschenke für deine Töchter. Wie es sich gehört.«

Er pfiff auf den Fingern. Zwei Sklaven kamen mit einer großen Kiste herein und breiteten die Gastgeschenke auf einem Tisch aus. Da waren Puppen, Armreifen, schöne Stoffe, Spiegel, Fläschchen mit den verschiedensten Parfüms, Salben und Cremes – und ein Helm und ein glänzendes, scharfes Schwert. Wir drängten uns um den Tisch, meine »Schwestern« griffen nach den Puppen, den Schmuckstücken, den Parfüms, doch ich konnte nicht länger an mich halten.

Ich setzte mir den Helm auf, packte das Schwert und fuchtelte damit in der großen Halle herum. Die Mädchen schrien entsetzt auf und wichen zur Seite. Endlich hatte ich wieder ein Schwert zwischen den Fingern! Und dann ein so hübsches und scharfes. Es lag perfekt in der Hand.

Odysseus grinste mich an.

»Lykomedes, mein Freund«, sprach er. »Gestattest du, dass ich mich eine Weile mit diesem starken, äh, Mädchen unterhalte?«

Der König senkte resignierend den Kopf. »Wir wissen beide, dass das kein Mädchen ist, nicht wahr?«

»Ich denke schon«, sagte Odysseus. »Komm, Achilleus, wir haben ein paar Dinge zu besprechen.«

»Gerne«, rief ich ihm zu und riss mir das Kleid vom Leib. »Wann geht's nach Troja?«

»Morgen früh legt das Schiff ab. Wir Griechen treffen uns in Aulis. Die anderen warten schon auf mich. Und natürlich auf dich und die Krieger deines Volkes.«

»Aber die wird mein Vater anführen.«

»Es tut mir leid, mein Junge. Der große Held Peleus, dein Vater, ist vor einem Monat gestorben. Er war alt und krank. Ist die Nachricht hier noch nicht angekommen?«

»Nein«, sagte ich und atmete tief durch. Ein kurzer Moment der Trauer überfiel mich. Doch dann packte mich wieder die Kampfeslust und die Aussicht auf unsterblichen Ruhm, der bis zu den Sternen reicht.

»Komm«, sagte ich zu Odysseus. »Wir wollen reden.«

APHRODITE
Mein Gesicht bezaubert ALLE!
Mein Lieblingstier: die Taube
Ich trage Kostbaren Schmuck
Mein Körper ist einfach PERFEKT
Ziegen sind tolle OPFERTIERE
Weiße Schwäne ziehen meinen Wagen
Blumen mag ich sehr!
DIE
BEAUTY QUEEN

DAS BIN ICH

APHRODITE

☐ sterblich
☒ unsterblich

Die Römer nennen mich: „Venus“

ZU MEINER FAMILIE GEHÖREN

Wer meine Eltern sind, habe ich nie herausfinden können. Verheiratet bin ich mit **Hephaistos**, dem Schmiedegott. Hephaistos ist ein ziemlich brummeliger Geselle, zudem die meiste Zeit in seiner Werkstatt beschäftigt. Darum hat er kaum Zeit für mich. Ist es da verwunderlich, dass ich von ehelicher Treue nicht viel halte? ?!

Ich habe viele Kinder, die meisten stammen von meinen zahllosen Liebhabern. Das berühmteste Kind ist **Eros**, besser bekannt als Amor, der kleine Liebesgott. Er hat **Flügel** auf dem Rücken, und wen er mit einem seiner Pfeile trifft, der verliebt sich sofort unsterblich in den Erstbesten, dem er begegnet.

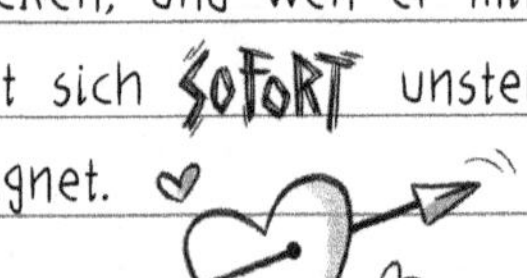

MEINE HEIMAT IST

der Olymp, der Berg der Götter, dort habe ich einen Palast. Aber da halte ich mich nur selten auf. Am liebsten streife ich mit meinem **Sohn** oder einem meiner **Liebhaber** durch die Gegend, gerne auf *Zypern*, das ist meine Lieblingsinsel.

DAS KANN ICH BESONDERS GUT

Ich bringe die *Liebe* in die Welt. Kann es eine schönere Aufgabe geben? Überall, wo ich auftauche, kriegen die Menschen (und manchmal auch die Götter) **rote Ohren** und **schweißnasse Hände**.

DAS MAG ICH GANZ UND GAR NICHT

Hass und Streit, **Mord** und **Totschlag**, **KRIEG** und **Gewalt**, Schimpfen und Meckern, überhaupt alle griesgrämigen, schlecht gelaunten und lieblosen Menschen (und Götter), die sich das Leben gegenseitig schwer machen. Wenn es nach mir ginge, wäre die ganze Welt voller *Liebe*. Wäre das nicht wunderbar?

APHRODITE

Dies ist meine Geschichte

Ich werde wohl nie herausfinden, wer meine Eltern sind. Manchmal habe ich den Götterkönig Zeus im Verdacht, mein Vater zu sein. Er hatte einmal ein Verhältnis mit Dione, einer unbedeutenden Göttin, die sich nur selten bei uns auf dem Olymp blicken lässt. Ich sehe Dione etwas ähnlich, vielleicht ist sie also meine Mutter. Doch immer, wenn ich sie oder Zeus auf meine Herkunft anspreche, lächeln sie nur und schweigen.

Es gibt auch Menschen, die behaupten, dass ich aus Meeresschaum geboren wurde, einfach so, und danach sei ich auf einer großen Muschel zu einer Insel geschwommen und dort an Land gegangen, entweder auf Kythera oder auf Zypern. Eine merkwürdige Geschichte … Auf jeden Fall scheint sich hinter meiner Abstammung irgendein Rätsel zu verbergen, das ich wohl nie lösen werde.

Doch ich will dich nicht mit unlösbaren Rätseln langweilen, sondern dir lieber eine Geschichte erzählen, die dir zeigen wird, wie groß die Macht der Liebe und ihrer Göttin ist.

Es begann an dem Tag, an dem Peleus und Thetis heirateten. Du hast von den beiden schon gehört, es sind die Eltern dieses Angebers Achilleus. Zeus hatte alle Göttinnen und Götter in seinen Palast eingeladen, dort fand das Fest statt. Alle bis auf Eris, die Göttin des Streits. Die will nie einer in der Nähe haben, schon gar nicht auf einer Hochzeit. Doch irgendwie bekam Eris Wind von der Feier und vor allem davon, dass sie nicht auf der Gästeliste stand. Da wurde ihre Laune noch schlechter, als sie es ohnehin schon immer ist, und sie beschloss, uns das Fest so richtig zu vermiesen. Das kann sie ja besonders gut, die blöde Kuh. Was sie gemacht hat? Sie hat einen goldenen Apfel angefertigt und daraufgeschrieben: Für die Schönste!

Dann hat sie sich an ein Fenster des Festsaals geschlichen und den Apfel mitten auf die Tanzfläche geworfen, wo wir alle gerade bestens gelaunt herumtanzten. Ich sah den Apfel als Erste und dachte mir: Ist ja klar, der ist für mich. Dass Eris hinter dieser Nummer stand, erfuhr ich erst viel später. Ich wollte den Apfel gerade in einem Bausch meines Gewandes verschwinden lassen, da stellte sich Athene vor mich. Sie ist die Tochter des Göttervaters Zeus und eine mächtige Kriegsgöttin.

»Gib ihn her!«, keifte sie. »Der ist für mich!«

»Von wegen«, schnaufte Hera, Zeus' Ehefrau, und trat neben Athene. »Ich bin hier die Chefin. Der Apfel gehört mir.«

»Das werden wir ja sehen«, schaltete sich Demeter ein, die Göttin der Felder und Wiesen.

»Oh ja, das werden wir sehen«, schrie Artemis, die Jagdgöttin, und stürzte sich auf mich.

Sei froh, dass du das, was sich dann auf der Tanzfläche abspielte, nicht gesehen hast. Das war vielleicht ein Gekreische und Gekloppe, reichlich unwürdig für so ein göttliches Fest. Gut, dass die Menschen nichts davon erfahren haben, weil außer Theseus kein Sterblicher zugegen war. Irgendwann wurde Zeus die Sache zu bunt, er wollte weiterfeiern, und er bat die drei Göttinnen, die sich bis zum Schluss um den Zankapfel geprügelt hatten (die anderen hatten inzwischen aufgegeben), vor seinen Thron: seine Frau Hera, seine Tochter Athene und mich. Wir drei sahen ziemlich mitgenommen aus: die Haare zerzaust, die Gesichter zerkratzt, die schönen Gewänder zerrissen.

»Papa!«, rief Athene. »Du musst entscheiden. Wer von uns dreien soll den Apfel haben? Doch sicherlich ich, oder?«

»Äh … Also … Ich weiß jetzt auch nicht …«, druckste Zeus. Ich wusste genau, was in ihm vorging: Er wollte es sich mit keiner von uns verderben, also musste er die Entscheidung jemand anders überlassen.

»Ich hab's«, sagte er schließlich. »Fliegt alle drei zum Idagebirge, das liegt vor Troja. Dort hütet Paris, der Prinz von Troja, eine Schafherde. Paris kennt sich mit schönen Frauen aus, so sagt man. Er soll entscheiden, wem von euch der Apfel zusteht. Die Unterlegenen werden sein Urteil akzeptieren, verstanden? Mein Sohn Hermes wird euch begleiten.«

Wir sind natürlich sofort zum Berg Ida aufgebrochen, die Sache musste geklärt werden. Vorher haben wir uns aber schnell noch umgezogen und unsere Kratzspuren und blauen Flecken verschwinden lassen. So zerzaust wollten wir keinem Sterblichen unter die Augen treten, wäre ja echt peinlich gewesen. Hermes flog vorweg, wir drei hinterher, und im nächsten Augenblick standen wir schon vor Paris.

Kannst du dir vorstellen, wie der guckte, als so früh am Morgen wie aus dem Nichts vier Gottheiten vor ihm auftauchten? Der war kreidebleich im Gesicht und konnte anfangs nur unverständliches Zeug stammeln. Stell dir vor, wir vier würden frühmorgens plötzlich in deinem Zimmer auftauchen, das würde dir auch die Sprache verschlagen.

Hermes erklärte ihm unser Anliegen: »… und dann hat der Göttervater bestimmt, dass du die Sache entscheiden sollst, mein lieber Paris.«

Der junge Mann nickte betreten. Natürlich wusste er, dass er sich dem Ganzen nicht entziehen und einfach weglaufen konnte. Ein Sterblicher gegen vier Gottheiten – den Wettlauf hätte er nicht gewonnen.

»Also gut«, sagte er schließlich. »Tja, wer soll den Apfel haben? Ihr seht doch alle drei gut aus.« Er musterte uns von oben bis unten. Ich setzte mein strahlendstes Lächeln auf, dem niemand widerstehen kann, und klimperte mit den Wimpern.

Paris schluckte. »Tja, ich würde sagen …«, stammelte er.

Da fuhr ihm Hera ins Wort: »Warte! Ich würde gerne einen Augenblick alleine mit dir sprechen. Unter vier Augen.«

Was hatte sie vor? Ich vergaß vor Überraschung das Wimpernklimpern.

»Kein Problem«, sagte Paris. »Wie du wünschst. Dort hinten ist ein Bach. Wir können uns ans Ufer setzen und reden.«

Die beiden verschwanden und waren kurz darauf wieder bei uns. Hera grinste übers ganze Gesicht. Sie zog Hermes auf die Seite. Athene und ich, wir spitzten unsere göttlichen Ohren.

»Ich habe ihm versprochen«, flüsterte Hera, »dass er der mächtigste König auf Erden wird, wenn er den Apfel mir zuspricht. Völlig klar, dass er sich für mich entscheidet.«

»Du hast ihn bestochen?«, fragte Hermes.

»Logo«, sagte Hera zufrieden. »Warum denn nicht?«

Mir fiel die Kinnlade herunter. Ich dachte, es ginge hier um Schönheit! Und um ein faires Urteil. Ich wollte mich gerade beschweren, da ging Athene auf Paris zu.

»Ich würde auch gerne ein Wörtchen mit dir reden«, sagte sie. Das gleiche Spielchen: Sie und Paris verschwanden kurz, und als sie zurückkamen, grinste Athene breit.

»Ich habe ihm versprochen, dass er der größte Krieger auf Erden wird«, raunte sie Hermes zu. »Wenn er sich für mich entscheidet.«

Hermes schüttelte wortlos den Kopf. Hera stemmte wütend die Hände in die Hüften. Ich schnappte nach Luft. Paris war sichtlich verwirrt. Er rang die Hände, sein Blick wanderte zwischen uns dreien hin und her.

Plötzlich hatte ich die Idee.

»Komm mit«, stieß ich hervor. »Ich muss auch mit dir reden.«

Ich zog den zitternden Sterblichen an die Seite. Wollen doch mal sehen, dachte ich, wer diesen Wettkampf gewinnt. Und wer das verlockendste Angebot machen kann.

»Möchtest du die schönste Frau der Welt heiraten?«, fragte ich ihn geradeheraus. »Die schönste sterbliche Frau, meine ich. Die schönste Göttin bin ja ich.«

Paris' Ohren begannen zu glühen. Ich sah Schweißperlen auf seiner Stirn. Zwei gute Zeichen!

»Klar, das würde ich gerne«, sagte er mit belegter Stimme.

»Dann sprichst du den Apfel mir zu. Verstanden?«

Paris nickte nur. Ich hatte ihn am Haken, da war ich mir sicher. Männer sind doch alle gleich, überall auf der Welt. Liebe und Schönheit – damit kriegt man sie immer.

Wir kehrten zu den drei anderen zurück.

»Also?«, fragte Hera herausfordernd.

»Nun sag schon!«, fauchte Athene.

Paris räusperte sich. Dann gab er sich einen Ruck und rief laut: »Aphrodite ist die schönste Göttin. Ihr gebührt der goldene Apfel.«

Ich lächelte triumphierend. Hatte ich es doch gewusst!

Athene und Hera schauten Paris wütend an. »Das wirst du uns büßen«, schnaubte die Götterkönigin noch, da waren sie und Athene auch schon verschwunden.

Paris schien die Drohung überhört zu haben. »Wann kriege ich denn das, was du mir versprochen hast?« Er tippelte ungeduldig von einem Fuß auf den anderen.

»Da gibt es ein kleines Problem«, sagte ich. »Die Frau, die ich dir versprochen habe, ist verheiratet. Sie kann ihren Mann nicht einfach so holterdipolter verlassen.«

»Wie jetzt?« Paris entglitten die Gesichtszüge. »Versprochen ist versprochen. Und wird nicht gebrochen.«

»Nein, nein.« Ich legte beruhigend meine Hand auf seine Schulter. »Das kriegen wir schon hin. Du musst dich nur ein wenig gedulden.«

»Wie lange denn?«

Ich zuckte die Schultern. »Zeit ist relativ. Die Frau, die ich meine, heißt Helene. Sie ist die Königin von Sparta, verheiratet mit König Menelaos. Ich werde meinen Sohn Eros nach Sparta schicken. Er wird einen seiner goldenen Pfeile auf sie abfeuern. Und du wirst eine Gesandtschaft nach Sparta anführen. Dabei wird sich Helene in dich verlieben, ihren Mann verlassen und mit dir nach Troja ziehen.«

»Woher weißt du das alles?«, fragte Paris ungläubig.

»Göttergeheimnis«, sagte ich. »Such dir, bis es so weit ist, doch erst einmal eine Freundin, vielleicht eine der hübschen Bergnymphen, die hier in der Gegend leben.«

»Aber danach kriege ich diese schöne Helene, ja? Versprochen ist versprochen.«

Ich nickte. Paris lächelte zufrieden.

Ich habe wirklich nicht geahnt, welches Unheil ich mit meinem Angebot über Paris' Heimatstadt Troja heraufbeschwor: Helenes Ehemann Menelaos wurde natürlich stinkesauer, als seine geliebte Frau ihn verließ und mit Paris nach Troja ging. Er und sein Bruder Agamemnon trommelten Tausende griechischer Krieger zusammen und begannen einen Krieg gegen Troja, der zehn Jahre dauern sollte und bei dem unzählige Helden den Tod finden sollten. Aber das ist eine andere Geschichte.

An diesem Tag im Idagebirge ging es um nicht weniger als um die Ehre der Allerschönsten. Ich musste diesen Apfel einfach haben, das kannst du doch verstehen, oder?

APOLLON
Mein Haar trage ich halblang
Einen LORBEERZWEIG trage ich immer bei mir
SIEH NUR, wie trainiert ich bin!
Meine Pfeile treffen IMMER
Ich schreibe sogar Gedichte
Ich spiele auch gerne auf der:
LYRA
Ich kenne ALLE Heil-Kräuter
DAS MULTITALENT.

DAS BIN ICH

APOLLON

Die Römer haben sich das „n" gespart und nennen mich: Apollo

☐ sterblich
☒ unsterblich

ZU MEINER FAMILIE GEHÖREN

mein Vater ZEUS, der GötterKönig, und meine Mutter Leto, eine echte Titanin. Mit ihr hatte mein Papa eine seiner unzähligen Affären. Darum habe ich auch viele **Halbgeschwister**. Meine ECHTE Schwester ist Artemis, die Göttin der **Jagd**. Sie ist sogar meine **Zwillingsschwester**, um genau zu sein. Sie kam ein paar Minuten **nach** mir auf die Welt, darauf lege ich großen Wert!!

MEINE HEIMAT IST

Delos, eine *kleine Insel* im Ägäischen Meer. Da wurde ich geboren. Meine Mama Leto hatte sich dorthin gerettet. Hera, Zeus' Ehefrau, hatte sie nämlich aus **EIFERSUCHT** über die ganze Welt verfolgt; **nirgendwo** konnte sie ungestört meine Schwester und mich auf die Welt bringen. Da hatte Papa seinem **Bruder**, dem Meeresgott POSEIDON, befohlen, eine **Insel** aus dem Meer auftauchen zu lassen, die Hera nicht kannte. Da fand meine Mutter endlich RUHE und schenkte meiner Schwester und mir das Leben.

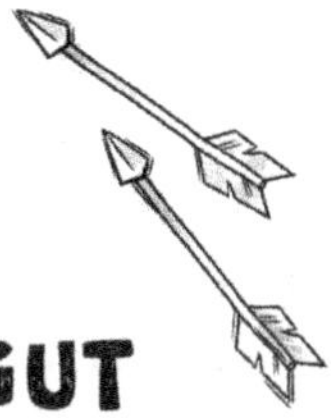

DAS KANN ICH BESONDERS GUT

Ich kann eigentlich ALLES. Wenn bei den Menschen irgendwo ein **KRIEG** tobt und ich meine Pfeile verschießen kann, freue ich mich riesig. Ich treffe ja mit **jedem Schuss!!** Ich habe aber auch eine weiche Seite: Ich schreibe die besten *Gedichte* und mache göttliche *Musik*, am liebsten auf der Lyra. Dann bin ich auch noch der Gott der Heilkunst: Mit Kräutern und Salben, die alle möglichen Krankheiten vertreiben, kenne ich mich bestens aus. Und mit dem **Weissagen:** Mir gehört das Heiligtum von Delphi, wo meine Priesterin, die Pythia, Rat suchenden Menschen aus der ganzen Welt kluge Orakelsprüche erteilt.

DAS MAG ICH GANZ UND GAR NICHT

Wenn man mich **abweist**, **sitzen lässt** oder **nicht kapiert**, wie **toll** ich bin.

APOLLON

Dies ist meine Geschichte

Ich habe lange überlegt, ob ich dir diese Geschichte erzählen soll. Es ist eine Geschichte, bei der ich, wie soll ich sagen – keine allzu gute Figur mache. Und dabei könnte ich dir von so vielen großen Taten erzählen, die ich vollbracht habe. Zum Beispiel habe ich ein paar Tage nach meiner Geburt den grausigen Drachen Python in einem harten Kampf niedergerungen und schließlich mit meinen Pfeilen getötet.

Das wäre so eine richtige Abenteuergeschichte, bei der ich am Ende als strahlender Sieger dastehen würde. Doch ein Gott, der ein Ungeheuer besiegt – das ist nichts Besonderes, oder? Das können doch Götter. Aber ein Gott, der sich hoffnungslos verliebt und von einem Mädchen ausgetrickst wird? Ja, auch wir Götter haben unsere Schwächen, genau wie ihr Menschen.

Es war ein wunderschöner Sommertag. Ich spazierte, nichts Böses ahnend, durch die Felder und Wälder, da sah ich plötzlich Eros, diesen frechen Liebesgott, wie er auf einem umgestürzten Baumstamm sitzt und versucht, seinen Bogen zu spannen.

»Hey!«, rief ich. »Waffen sind etwas für echte Kerle, nichts für kleine Jüngelchen. Tu dir bloß nicht weh mit deinem niedlichen Spielzeug!«

Eros guckte mich verschlagen an. »Keine Sorge. Du wirst bald sehen, wie gut ich mit meinem Bogen umgehen kann.«

Im nächsten Moment breitete er seine süßen Flügelchen aus und erhob sich in die Lüfte. Wieso fliegt er davon?, fragte ich mich noch. Da spürte ich schon einen stechenden Schmerz in meiner rechten Schulter. Dass mich der kleine Wicht mit einem seiner goldenen

Pfeile getroffen hatte, begriff ich erst, als es schon zu spät war. Es war der Pfeil der Liebe: unsichtbar und verdammt wirkungsvoll.

Selber schuld, magst du jetzt denken. Man macht sich nicht über andere lustig, nicht über Kleinere und erst recht nicht über kleinere Götter. Du hast ja recht. Ich war total überheblich an diesem Tag, weil ich kurz zuvor Python besiegt hatte. Ich habe es auch bitter bereut. Und ich werde es nie wieder tun, versprochen.

Wenn es irgendwann mal in deiner Schulter zwackt und du kannst dir nicht erklären, woher das kommt – dann solltest du besser nicht aus dem Haus gehen. Wer weiß, wen du dort als Erstes triffst? Vielleicht einen Jungen oder ein Mädchen aus der Nachbarschaft. Du siehst ihn oder sie an – und bist hoffnungslos verloren, redest wirres Zeug und tust die allerdümmsten Sachen. So wie ich. Das wirst du gleich sehen.

Eros hatte mittlerweile einen zweiten Pfeil abgeschossen: auf Daphne, ein wunderschönes Mädchen. Aber dieser Pfeil war aus Blei und bewirkte genau das Gegenteil: Von Liebe will jemand, der von so einem Pfeil getroffen wird, nichts wissen.

Der Schmerz in meiner Schulter ließ schnell nach. Ich vergaß ihn und streifte weiter durch Felder und Wälder auf der Suche nach einem neuen Abenteuer. Da sah ich Daphne, wie sie auf einer Wiese Blumen pflückte. Ein schönes Mädchen! Ein wunderschönes Mädchen! Ich war sofort Feuer und Flamme. Dass dieser fiese Pfeil das bewirkte, konnte ich ja nicht ahnen. Ich verliebte mich auf der Stelle, bekam einen ganz heißen Kopf. Meine Ohren brannten, mein Puls raste, meine Hände zitterten. Ich hatte gar keine Wahl, ich musste einfach loslaufen. Ich wollte das Mädchen berühren, sie in den Armen halten, sie abknutschen.

Ich flitzte los, wie ein Jagdhund, der einen Hasen erblickt hat.

Schon von Weitem rief ich ihr zu: »Hey, Mädchen! Du gefällst mir, du bist richtig süß.«

Sie drehte sich zu mir um und starrte mich mit großen Augen an. Ich lief weiter.

»Ich bin ein Gott!«, rief ich laut. »Apollon höchstpersönlich. Sehe ich nicht gut aus? Ich könnte dir mit meinen Pfeilen die süßesten Kirschen vom Baum schießen. Oder dir ein göttliches Liebesgedicht schreiben. Oder dir ein Liedchen vorträllern, dass du dahinschmilzt wie Schnee in der Frühlingssonne.«

»Hau ab! Lass mich in Ruhe!« Daphne ließ ihre Blumen fallen und begann zu rennen.

So eine Frechheit, dachte ich. Was bildet die sich ein? Ich hatte ihr doch gesagt, wer ich bin! Und sie lief einfach davon! Eine echte Beleidigung. Heute weiß ich ja, dass Daphne nichts dafür konnte. Schuld war dieser Pfeil. Aber damals war ich echt wütend. Ich lief ihr also hinterher. Sie war ziemlich schnell, aber ich war schneller. Fast hatte ich sie erreicht, ich konnte schon ihren Atem hören, griff nach ihrem wehenden Haar, da rief sie: »Papa, wo bist du? Irgend so ein Fiesling rennt hinter mir her. Er sagt, er sei Apollon. Ich glaub ihm kein Wort. Das kann ja jeder behaupten. Gleich hat der Typ mich eingeholt, der ist richtig schnell, er hat sogar Pfeil und Bogen dabei. Papa, so hilf mir doch!«

Ich wurde langsamer. Wie hatte sie mich genannt? Einen Fiesling? Beinahe geriet ich ins Stolpern. Da sah ich vor ihr einen Fluss. Jetzt habe ich dich, dachte ich. Doch plötzlich stieg Peneios aus dem Wasser. Den kennst du nicht, klar. Aber bei uns hat jeder Fluss, jedes kleine Flüsschen einen eigenen Gott. Die sind natürlich immer klatschnass, weil sie die meiste Zeit unter Wasser leben. Und sie haben langes Haar und einen Bart. Peneios ist also der Gott dieses

Flusses, der genauso heißt. Und er stieg aus dem Wasser und baute sich am Ufer auf, direkt vor Daphne, seiner Tochter.

Sie konnte ihr Glück kaum fassen, flehte ihren Vater noch einmal um Hilfe an. Doch der sah natürlich sofort, mit wem er es zu tun hatte. Ich bin einer der mächtigsten Götter des Olymps, und dieser Peneios ist nur irgendein Flussgott, den ich locker und leicht umboxen könnte. Aber doof ist er nicht, das muss ich dir sagen. Er hatte die Situation sofort durchschaut. Er guckte mich grimmig an, gab seiner Tochter einen Kuss – und stürzte sich wieder in seinen Fluss. Was sollte das denn? Doch da sah ich schon, was er gemacht hatte. Um seine Tochter vor mir zu schützen, hatte er sie verwandelt. In einen Baum. Götter können das, auch Flussgötter. Daphne schlug plötzlich Wurzeln. Sie streckte ihre Arme aus, die wurden immer länger und Zweige wuchsen aus ihnen heraus. Schon folgten die Blätter. Um ihren Körper legte sich eine Rinde. Und im nächsten Moment war von dem schönen Mädchen, in das ich mich so verliebt hatte, nichts mehr zu sehen.

Ich traute meinen Augen nicht und war reichlich verdattert. Mir kommen heute noch die Tränen, wenn ich an diesen Moment denke. Ich war ja so verliebt! Zuerst habe ich versucht, sie zurückzuverwandeln, doch das klappte nicht (ich kann zwar viel, aber doch nicht alles). Dann habe ich den Baumstamm umarmt und ihm tausend Küsse gegeben, aber irgendwann war ich das leid. Hast du schon mal einen Baumstamm geküsst? Ich kann dir sagen, das ist irgendwie nicht das Wahre.

Schließlich habe ich mir ein paar Zweige abgebrochen. Ich trage sie seitdem immer bei mir. Der alte Schlaukopf Peneios hatte seine Tochter nämlich in einen Lorbeerbaum verwandelt.

Kannst du dir vorstellen, wie bitter dieser Tag für mich war: Erst von einem kleinen Jungen mit einem Pfeil getroffen, dann im Wettlauf von einem Mädchen besiegt, zu guter Letzt von einem drittklassigen Flussgott mit einer billigen Verwandlung ausgetrickst. Kann es etwas Schlimmeres geben? Du siehst, auch wir Götter müssen manchmal Niederlagen einstecken.

Wenn du einmal einen Lorbeerbaum oder auch nur ein Lorbeerblatt siehst (ihr habt bestimmt ein paar getrocknete Blätter irgendwo in eurer Küche), dann grüß sie ganz herzlich von mir, dem Gott Apollon, der die schöne Daphne bis in alle Ewigkeiten lieben wird.

ARIADNE
Ich bin ganz hübsch
Da mache ich mir aber gar nicht so viel draus
Häufig werde ich auf Bildern weinend dargestellt
Mein Hobby: aus Schafswolle Fäden spinnen
Fäden sind SO nützlich! Die können LEBEN retten
Den habe ich SELBST gemacht!
DIE HEULSUSE

DAS BIN ICH

☒ Sterblich
☐ unsterblich

ARIADNE

Die Römer nennen mich: Ariadna

ZU MEINER FAMILIE GEHÖREN

mein Vater **Minos**, der König von Kreta, und meine Mutter **Pasiphaë**.

Besonders stolz bin ich auf meine beiden Opas:

Der eine ist **Zeus, der Götterkönig**, der andere der **Titan Helios**, der jeden Tag mit seinem Sonnenwagen über den Himmel rast.

Dann habe ich noch ein paar Geschwister, von denen mir meine Schwester Phaidra die liebste ist. Und, ja, dann gibt es da noch diesen peinlichen Halbbruder ...

MEINE HEIMAT IST

Kreta, eine große Insel im Süden des Ägäischen Meeres. Dort sind meine Eltern König und Königin. Und dorthin hatte mein Opa Zeus eine seiner vielen Geliebten entführt, die Prinzessin Europa. Die hat meinen Vater Minos auf die Welt gebracht. Er ist ein berühmter und mächtiger König und er herrscht nicht nur über die Insel Kreta, sondern sogar über die große Stadt **Athen**.

DAS KANN ICH BESONDERS GUT

Mich verlieben, und zwar Hals über Kopf. Und meinem Geliebten dann folgen, **EGAL wohin**.

DAS MAG ICH GANZ UND GAR NICHT

Wenn man meine Gutmütigkeit ausnutzt und mich danach einfach sitzen lässt. Das ist ja wohl das !!Übelste!!, was man einer Prinzessin antun kann!

ARIADNE

Dies ist meine Geschichte

Magst du spannende Geschichten, blutige und brutale? Eine Geschichte mit einem mutigen Helden, einem schrecklichen Monster und einer unschuldigen Prinzessin? Dann solltest du jetzt weiterlesen.

Mein Vater Minos hatte einen Krieg geführt gegen das mächtige Athen. Und gewonnen. Nach dem Ende des Krieges befahl er den Athenern, einmal im Jahr sieben junge Männer und sieben junge Frauen zu uns zu schicken, damit … Tja, wie soll ich sagen? Am besten ganz deutlich: damit mein Halbbruder etwas Leckeres zu fressen bekam. Hört sich furchtbar an, nicht wahr? War es auch.

Mein Halbbruder war ein richtiges Monster. Er hatte einen Stierkopf und einen Menschenkörper, der ganz und gar mit Fell bedeckt war. Am Tag seiner Geburt wickelte ihn unsere Mutter in eine Windel. Und was machte er damit? Er riss sie ab und fraß sie einfach auf. Wirklich ekelhaft!

Anfangs gab er sich ja noch mit Brei und Milch zufrieden, aber als er größer wurde, verlangte er immer öfter nach Fleisch. Erst reichten ihm gebratene Hühnchen, aber bald schon mussten es Ziegen, Schweine und ganze Rinder sein. Und das Schlimmste: Am liebsten fraß er sie roh! Sein Name war Minotauros, das heißt so viel wie »Stier des Minos«.

Wie so ein Ungeheuer entstehen konnte? Oh, das ist eine lange Geschichte, für die ich hier keinen Platz habe. Um es kurz zu machen: Meine Mutter Pasiphaë hatte sich einmal mit einem Stier eingelassen. Du denkst jetzt bestimmt: WIE BITTE? Ich erspare dir die Details, die ganze Sache war eingefädelt, von Poseidon. Aber jetzt schüttle dich einmal kurz und lies weiter. Aus diesem Verhältnis entsprang mein Halbbruder, der Minotauros. Mein Vater Minos war natürlich nicht begeistert, als er ihn das erste Mal sah. Dieses Stiermenschbaby war ihm reichlich peinlich. Darum sperrte er den Minotauros in ein Versteck, weil er zu Recht vermutete, dass er gefährlich werden könnte.

Das Versteck errichtete Daidalos, der geniale Erfinder, der damals bei uns auf Kreta lebte. Vor den Toren der Stadt baute er ein riesiges, unterirdisches Labyrinth, aus dem es kein Entkommen gab. In der Mitte des Labyrinths lag ein runder Raum mit einem Loch in der Decke. Über dieses Loch wurde der Minotauros mit Nahrung versorgt, meistens mit Essensresten, die bei uns im Palast anfielen. Das ging so lange gut, bis mein Vater auf die Idee kam, jedes Jahr vierzehn junge Athener in das Loch zu werfen, um die Stadt für den Krieg, den sie angezettelt hatte, büßen zu lassen.

Als die Athener das dritte Mal Minotaurosfutter brachten, war Theseus dabei, der Königssohn von Athen. Die vierzehn Mittagessen blieben auf dem Schiff, Theseus kam in unseren Palast, mein Vater nahm ihn freundlich auf – und ich verliebte mich sofort in ihn. Und dann bekam ich fürchterliche Angst, als er mir erzählte, was er vorhatte: Er wollte in das Labyrinth eindringen und den Minotauros töten, damit die schreckliche Menschenfresserei endlich ein Ende hätte.

Ich spürte, wie es mich innerlich zerriss. Was sollte ich tun? Ich ahnte, dass ich entweder meinen Geliebten oder meinen Halbbruder verlieren würde. Ich liebte Theseus und wollte nicht, dass ihm etwas passierte. Aber mein Halbbruder konnte schließlich nichts dafür, dass er so war, wie er war.

»Das schaffst du nicht«, sagte ich Theseus. »Der Minotauros ist unglaublich stark. Er wird dich umbringen. Und selbst, wenn du es schaffst – du wirst nie wieder aus dem finsteren Labyrinth herausfinden.«

Theseus hielt entschlossen dagegen: »Ich muss es versuchen, sonst gehen immer wieder unschuldige junge Menschen aus meiner Heimat in einen grausigen Tod.«

Ich würde ihn nicht aufhalten können, das war mir schnell klar. Doch ohne Hilfe, ohne einen guten Plan würde er es nicht schaffen. Wer konnte uns helfen? Ich musste nicht lange überlegen.

»Lass uns zu Daidalos gehen«, sagte ich. »Vielleicht weiß er Rat.«

Und tatsächlich. Der kluge Mann, der übrigens auch aus Athen stammte, hatte eine Idee.

»Du musst einen Faden am Eingang befestigen«, trug er Theseus auf. »Nimm ein großes Wollknäuel mit! Wenn du das Ungeheuer besiegt hast, wickelst du das Knäuel wieder auf und findest zurück zum Eingang. Und dann musst du fliehen. Der König wird nicht erfreut sein über den Tod des Minotauros. Er wird versuchen, dich übers Meer zu verfolgen. Schlage darum, bevor du in das Labyrinth gehst, Löcher in Minos' Schiffe, sodass er dir nicht hinterherfahren kann.«

Der Plan war einfach und genial. Aber er brachte es auch mit sich, dass ich meinen Halbbruder verraten und verlieren würde. Doch Theseus redete mir gut zu und versprach mir eine glänzende Zukunft als Königin von Athen. Darum beschloss ich, wenn auch schweren Herzens, ihm bei der Ermordung des Minotauros zu helfen.

Ich holte ein großes Knäuel aus roter Wolle, das ich am Tag zuvor gesponnen hatte. Draußen war es inzwischen dunkel geworden. Theseus lief zum Hafen und tat, was Daidalos ihm geraten hatte. Dann führte ich ihn zum Eingang des Labyrinths. Ich wusste, wo mein Vater den Schlüssel versteckt hielt (in seiner Nachttischschublade, nicht sehr einfallsreich, oder?). Ich schloss die Tür auf. Theseus band den roten Faden am Türgriff fest, küsste mich, dann zückte er sein Schwert und schritt mutig hinein in die Dunkelheit.

Ich habe nicht gesehen, was dort geschah. Ich bin auch froh darüber, dass ich es nicht sehen konnte. Voller Angst wartete ich am Eingang. Es dauerte eine ganze Weile, dann drangen Gebrüll und fürchterliche Schreie an meine Ohren. Es war grauenvoll. Und es dauerte Stunden. Doch plötzlich war es still. Totenstill. Meine Hände zitterten, kalter Angstschweiß trat mir auf die Stirn. Waren sie beide tot, mein Halbbruder und mein Geliebter? Doch dann kam er, Theseus, der Prinz von Athen. Er hatte das Knäuel aufgewickelt und den Weg zum Ausgang gefunden. Schrecklich sah er aus. Seine Kleidung war zerrissen, ein Auge zugeschwollen, er hatte Schrammen und blutende Wunden am ganzen Körper. Doch er lebte.

»Geschafft«, schnaufte er. »Das Ungeheuer ist erledigt. Und jetzt nichts wie weg!«

Ich konnte mich nicht wirklich freuen. Tränen liefen mir über die Wangen. Mein Halbbruder war tot! Und ich hatte … Doch mir blieb keine Zeit, lange zu grübeln oder meiner Trauer freien Lauf zu lassen.

Ich rannte in den Palast, packte hastig ein paar Sachen zusammen, auch meine kleine Krone, mein liebstes Schmuckstück. Dann lief ich hinunter zum Hafen, wo Theseus schon ungeduldig auf mich wartete. Ich würde mit ihm nach Athen fliehen.

Die vierzehn jungen Männer und Frauen warteten bangend auf ihrem Schiff. Da kam er, ihr Prinz, ihr Held, ihr Retter. Und ich, die Tochter des verhassten Königs Minos. Sie schauten mich misstrauisch an, sie wussten ja noch nichts von meiner Liebe zu Theseus. Er erklärte ihnen alles und schon stachen wir in See. Eos, die Göttin der Morgenröte, streckte gerade ihre rosaroten Finger über den Horizont fern im Osten. Als wir den Hafen hinter uns ließen, hörten wir lautes Rufen und Fluchen. Die Soldaten meines Vaters mussten bemerkt haben, was Theseus mit ihren Schiffen gemacht hatte. Sie konnten uns nicht verfolgen.

Eigentlich hätte ich mich in diesem Moment freuen müssen. Aber ich war nicht glücklich. Zwar war ich an der Seite meines geliebten Theseus, aber ich hatte meine Heimat aufgegeben, meinen Halbbruder verraten, meine Eltern verlassen. Welche Zukunft wartete auf mich? Als mein Opa Helios mit seinem Sonnenwagen den höchsten Punkt am Himmel erreicht hatte, stand ich weinend an der Reling und schaute auf das endlose Meer hinaus.

»Da vorne liegt die Insel Naxos«, sagte Theseus und legte tröstend seinen Arm um meine Schulter. »Dort machen wir eine Pause, wir brauchen frisches Wasser. Wir haben Zeit, niemand verfolgt uns. Morgen fahren wir weiter nach Athen. Mein Vater, König Aigeus, wartet auf unsere Rückkehr.«

Ich seufzte schwer. Nicht nur ich war völlig erschöpft, sondern auch Theseus und die vierzehn jungen Athener. Keiner von uns hatte in der Nacht zuvor Ruhe finden können. Wir legten an, setzten uns an einen schönen Strand, aßen ein wenig und schliefen bald ein.

Was dann geschah, hat mein Ehemann mir später erzählt. Dionysos, der Gott der Freude und des Feierns, des Weins und der guten Laune, erschien Theseus im Traum und trug ihm auf, mich auf Naxos sitzen zu lassen. Unglaublich, nicht wahr? Ich hatte doch alles für ihn aufgegeben, ihm geholfen, ohne mich wäre er niemals aus dem Labyrinth herausgekommen. Und jetzt sollte er mich sitzen lassen? Erst später begriff ich, warum Dionysos ihm diesen Auftrag gab.

Als ich am Nachmittag aufwachte, lag ich allein am Strand. Theseus war mitsamt seinem Schiff und den anderen Athenern verschwunden. Inzwischen habe ich mich beruhigt, schließlich war es ja der Befehl eines Gottes, dem Theseus gefolgt ist. Und Götterbefehlen sollte man immer gehorchen, sonst gibt es Ärger. Aber damals, so ganz allein auf Naxos, war ich unendlich traurig. Ich glaube, ich habe die ganze Nacht geheult. Am nächsten Morgen konnte ich nicht mehr weinen, ich rannte aufgelöst am Strand hin und her, wollte mich in meiner Verzweiflung schon ins Meer stürzen – doch dann kam er, mein Retter. Ob du's glaubst oder nicht: Es war Dionysos persönlich. Derselbe Gott, der Theseus im Traum erschienen war. Er hatte mich vom Olymp aus gesehen und beschlossen, mich zu heiraten. Sofort verliebte ich mich in ihn. Meine Liebe zu Theseus war mit einem Mal wie weggewischt. Ja, ja, ich weiß schon, was du denkst: Das dumme Huhn verliebt sich innerhalb von zwei Tagen in zwei verschiedene Typen. Aber da hatten die Götter ihre Hände im Spiel. Dionysos hatte sich nämlich Hilfe bei Aphrodite und ihrem Sohn Eros geholt. Ich selbst konnte gar nichts dafür, das musst du mir glauben. Außerdem sah Dionysos echt toll aus: lockiges Haar, rote Wangen, starke Arme, glasige Augen. Und er war so nett und verständnisvoll. Ich war einfach hin und weg und dachte gar nicht mehr an Theseus, meine Heimat Kreta, meine Eltern und den toten Minotauros.

Ja, und dann hat Dionysos mich geheiratet. Einfach so, am Strand von Naxos. Und er hat mein Diadem, diese kleine Krone, die ich mitgenommen hatte, an den Himmel geworfen. Sie ist zu einem Sternbild geworden, das man in klaren Nächten gut erkennen kann. Schau doch mal hinauf, dann wirst du sie sehen.

Seitdem führe ich an der Seite meines Gatten ein fröhliches Leben, je nachdem, wo er gerade ein Fest feiert. Dionysos ist ja der Gott der guten Laune, in seiner Nähe verschwindet jede Traurigkeit wie von selbst. Das tut richtig gut! Ebenso die Unsterblichkeit, die Dionysos mir geschenkt hat.

Und Theseus, in den ich einst so verliebt war? Ich denke noch oft an ihn, er war ja meine erste große Liebe. Bei seiner Rückkehr nach Athen stürzte sich sein Vater Aigeus voller Verzweiflung von einer Klippe ins Meer, das daraufhin nach ihm benannt wurde: das Ägäische Meer. Theseus hatte nämlich vergessen, die schwarzen Segel seines Schiffes einzuholen und die weißen zu setzen. Das war das mit seinem Vater verabredete Zeichen für einen guten Ausgang des Unternehmens, nach dem der alte Aigeus jeden Tag Ausschau gehalten hatte. Als dann das Schiff mit den schwarzen Segeln in den Hafen einlief, stürzte sich der König in den Tod. Er dachte nämlich, sein Sohn und die vierzehn jungen Athener seien auf Kreta umgekommen. Als Theseus voller Freude in den Palast eilte, erfuhr er die schreckliche Nachricht vom Tod seines Vaters, den er durch seine eigene Vergesslichkeit herbeigeführt hatte. Du kannst dir nicht vorstellen, wie verzweifelt er war. An diesem Unglückstag begann seine Königsherrschaft über Athen. Jahre später heiratete er meine Schwester Phaidra. Doch auch diese Beziehung stand unter keinem guten Stern, aber das ist eine andere Geschichte. Da habe ich es doch viel besser getroffen mit meinem ewig gut gelaunten und ewig glücklichen Dionysos.

ARTEMIS
Die Menschen halten mich oft für die Mondgöttin
Meine Pfeile sind aus Silber
Mein Bogen ist sogar aus purem Gold
Ich bin jung und schön
Ich liebe die Natur
Meine besten Freunde sind wilde Tiere!
Eine kurze Tunika, damit ich schnell durch den Wald sausen kann!
DIE HERRIN DER TIERE

DAS BIN ICH

ARTEMIS

Bei den Römern heiße ich: **Diana**

☐ Sterblich

☒ unsterblich

ZU MEINER FAMILIE GEHÖREN

Mein **Vater Zeus** und meine **Mutter Leto**, eine Titanin. Und natürlich mein Zwillingsbruder, der ach so schöne **Apollon**. Er ist übrigens **etwas** jünger als ich, auch wenn er bei jeder Gelegenheit das Gegenteil behauptet: Meine Mutter Leto brachte mich ein paar Minuten **Vor!** ihm auf die Welt. Als dann Apollon kam, habe ich Leto gleich bei seiner Entbindung geholfen. Seitdem verehren mich die Frauen als **Göttin der Geburt**.

MEINE HEIMAT IST

Delos, eine kleine Insel mitten im großen Ägäischen Meer. Natürlich habe ich auch einen **Palast** auf dem Olymp, aber da halte ich mich nur selten auf. Am liebsten ziehe ich zusammen mit meinen **Nymphen** in den Wäldern umher.

Dort, bei den Tieren, fernab von den Menschen und den anderen Göttern, fühle ich mich am wohlsten.

DAS KANN ICH BESONDERS GUT

Mit Pfeil und Bogen umgehen. Ich bin ja die Göttin der Jagd. Beim Schießen macht mir keiner etwas vor, auch nicht mein Bruder. Viele Menschen meinen, ich sei eiskalt, hartherzig und grausam. Dazu kann ich nur sagen: **Ihr habt recht!** Legt euch also besser **nicht** mit mir an!

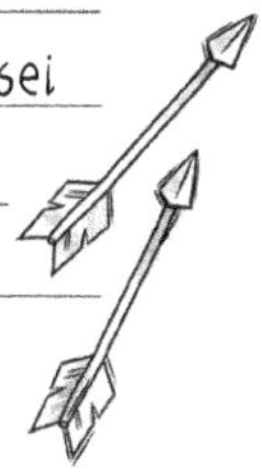

iiih!!

DAS MAG ICH GANZ UND GAR NICHT

Gekränkt und beleidigt werden. Und Männer, ganz egal, ob sie göttlich oder sterblich sind. Das Schlimmste ist aber, wenn beides zusammenkommt, also ein Mann, der mich kränkt. So ein Kerl wünscht sich SEHR schnell, dass er gar nicht geboren worden wäre, denn er bekommt meine RACHE zu spüren, und die kennt **keine Gnade.** !!

Dies ist meine Geschichte

Bald nach unserer Geburt verließen mein Bruder und ich das kleine Delos. Apollon war auf Abenteuer aus, er faselte etwas von einem grausigen Drachen, den er erlegen wollte. Und schon war er verschwunden. Ich selbst schaute mir die Welt an und merkte bald, dass Städte und feste Häuser, auch mein goldener Palast auf dem Olymp, den mein Vater Zeus für mich bauen ließ, nicht das Richtige für mich sind. Genau wie meine Freundinnen, die Nymphen, zieht es mich in die Natur hinaus, besonders in den Wald. Mit meinen Mädels unter den Bäumen hindurchzustreifen, auf die Jagd zu gehen, ungebunden zu sein, die Freiheit zu genießen weit fort von den Kriegen der Menschen und den Streitigkeiten der Götter – kann es etwas Besseres geben? Ich finde nicht.

Tja, und dann passierte die Geschichte mit diesem Aktaion. Warum musste der Mann auch seine Hunde dabeihaben, und dann noch so viele? Spätestens seit dieser Geschichte habe ich beschlossen, dass ich niemals heiraten werde. Meine Freiheit geht mir über alles. Ich habe ja meine Freundinnen. Und all die Tiere im Wald. Das genügt mir.

Also, dieser Aktaion ging gern auf die Jagd. An diesem Tag hatte er sich denselben Wald ausgesucht wie ich und meine Nymphen. Während er mit seinen Freunden und seinen Hunden umherzog und Hasen und Wildschweine erlegte, machten wir eine Pause an einem kühlen See am Rande einer Lichtung. Es war ein wunderbarer Sommertag, wir badeten fröhlich im Wasser, legten uns danach zum Trocknen auf das warme Gras. Natürlich nackt. Wir Götter baden und sonnen uns immer nackt.

Später erfuhr ich, dass Aktaion sich einfach nur verlaufen hatte. Er und seine Freunde hatten auch eine Pause gemacht, Aktaion wollte sich ein wenig im Wald umsehen. Und plötzlich stand er auf unserer Lichtung. Ihm fielen beinahe die Augen aus dem Kopf. Er stand dort mit offenem Mund und starrte uns ungläubig an. Er wollte etwas sagen, aber offenbar fehlten ihm die Worte. Er brauchte eine ganze Zeit lang, um zu begreifen, wen er dort vor sich hatte. Hinter mir lagen meine Kleider, mein goldener Bogen, daneben der Köcher mit den silbernen Pfeilen, rechts und links von mir meine Freundinnen, die Waldnymphen. Und vor uns stand Aktaion, der sich verwundert die Augen rieb.

Da fingen die ersten Nymphen an zu kreischen. Sie sprangen auf, liefen aufgeregt hin und her, rafften ihr Kleider zusammen und verschwanden Schutz suchend hinter Büschen und Bäumen.

Ich spürte, wie mir die Röte ins Gesicht schoss. Noch niemand hatte mich nackt gesehen, abgesehen von meiner Mutter und meinem Bruder, doch kein Sterblicher, erst recht kein Mann.

»Mein Umhang!«, rief ich wütend. »Gebt mir meinen Umhang!«

Eine meiner Nymphen reichte mir meinen Umhang, mit dem ich mich notdürftig bedecken konnte.

»Bist du…«, stammelte Aktaion. »Bist du etwa – eine Göttin?«

»Natürlich bin ich eine Göttin. Das kann doch ein Blinder sehen, oder? Ich bin Artemis, die Herrin der Wälder.«

Aktaion grinste. Vielleicht aus Verlegenheit, aber ich hatte das Gefühl, er lachte mich aus.

»Du bist sehr schön«, murmelte er.

Das war zu viel! Was bildete sich dieser Sterbliche ein, mich zu beurteilen? Und dabei noch zu grinsen! Na warte, Bürschchen, dachte ich mir. Dir wird dein Grinsen noch vergehen! Er würde überall herumposaunen, dass er Artemis nackt beim Sonnenbaden gesehen hätte. Das durfte nicht sein! Dieser Mann durfte den Wald nicht mehr verlassen. Und er durfte nicht mehr reden.

Ich schaute Aktaion grimmig an und hob die Hände. Dabei fiel mir der Umhang herunter. Er schaute mich verwirrt an. »Du hast deinen Umhang ver…«

Weiter kam er nicht. Denn schon hatte ich ihn mit Wasser aus dem See bespritzt. Sogleich wuchs ein Geweih aus seinem Kopf, sein Hals und seine Ohren zogen sich in die Länge, auch seine Arme und Beine wurden länger und länger, braunes Fell überzog seinen ganzen Körper. Ich hatte ihn in einen Hirsch verwandelt. Ein stattliches Tier, das war mir gut gelungen, das muss ich schon sagen. Jetzt konnte er den Wald nicht mehr verlassen. Und irgendetwas erzählen konnte er schon gar nicht. Ich war zufrieden und wickelte mich wieder in den Umhang.

Im nächsten Augenblick raste der Hirsch davon. Er hatte sein Spiegelbild im See gesehen. Er verließ die Lichtung und rannte in den Wald hinein. Genau dorthin, wo er, also Aktaion, seine Hunde zurückgelassen hatte. Dieser Dummkopf! Ich hörte wütendes Gebell, ahnte, was passieren würde, zog rasch meine Tunika an, schnappte mir Köcher und Bogen und rannte in dieselbe Richtung. Es war wirklich kein schöner Anblick. Ich jagte die Hunde davon, aber dem Hirsch war nicht mehr zu helfen. Er lag tot vor mir, mit vielen blutenden Wunden. Ein Jäger, der zu einem Gejagten geworden war. Seine Hunde sind noch lange jaulend durch den Wald gerannt, auf der vergeblichen Suche nach ihrem Herrn. Sie ahnten zum Glück nicht, das sie selbst ihn getötet hatten.

Ich ging zurück zu meinen Nymphen. Eigentlich hatte ich diesen Mann ja gar nicht töten wollen, eigentlich sollte er nur bis zu seinem Lebensende als röhrender Hirsch durch den Wald laufen. Das war die Strafe, die ich für ihn vorgesehen hatte. Denn er hatte meine göttliche Ehre verletzt, indem er mich nackt gesehen und dabei gegrinst hatte. Das steht keinem Mann zu, keinem unsterblichen und erst recht keinem sterblichen!

Ich erzählte meinen Nymphen vom unglücklichen Ende des Aktaion. Sie meinten, dass das nicht meine Schuld sei, er hätte ja nicht zu seinen Hunden zurücklaufen müssen. Sterbliche Männer seien oftmals ganz schön trottelig. Ich stimmte ihnen zu und glaube, dass Aktaions Tod ein abschreckendes Beispiel für alle Männer war: Seitdem ist mir keiner mehr zu nahe gekommen, alle behandeln mich mit einer gehörigen Portion Respekt. Das ist gut so.

Ich bade übrigens immer noch gerne in einsamen Seen. Pass also auf, wenn du vielleicht einmal durch einen warmen Sommerwald spazierst und an einem See badende Mädchen siehst. Nicht ganz auszuschließen, dass wir es sind, meine Nymphen und ich. Du solltest dann lieber in eine andere Richtung schauen, besser noch: Mach sofort kehrt, wenn du nicht den Rest deines Lebens als Hirsch, als Wildschwein oder als Dachs verbringen willst!

ATHENE
Ich bin die WEISESTE aller Götter
Mein schöner HELM schützt meinen klugen KOPF
die Eule, mein Lieblingstier!
Fast so klug, wie ich und sie hat fast so schöne Augen
Ohne:
SPEER
SCHILD
RÜSTUNG
gehe ich nicht aus dem Haus!
Ich bin eine große KRIEGERIN
Darunter trage ich ein langes GEWAND
Ich kann aber auch richtig gut spinnen und weben
Die
ALLERBESTE

DAS BIN ICH

ATHENE

Die Römer sagen Minerva zu mir

☐ Sterblich

☒ unsterblich

ZU MEINER FAMILIE GEHÖREN

meine **Mutter Metis**, aber die habe ich **NIE** gesehen. Und natürlich mein Vater **ZEUS**. Seinetwegen habe ich auch viele **Halbgeschwister**. Eigene Kinder habe ich keine. Ich habe auch **nie** daran gedacht zu heiraten.

MEINE HEIMAT IST

Meinen Geburtsort hat mir Zeus **nie verraten,** wahrscheinlich weil ihm die Sache mit meiner Geburt etwas **peinlich** ist. Meine Lieblingsstadt ist **Athen.** Ich hab den Menschen dort den **Olivenbaum** geschenkt. Den fanden sie so nützlich, dass sie ihre Stadt nach mir benannt und mich zu ihrer **Schutzgöttin** gemacht haben.

DAS KANN ICH BESONDERS GUT

Ich bin eine hervorragende **Kriegerin**, bei den Kämpfen der Götter und Menschen immer in der ersten Reihe dabei. Aber nicht nur in der Kriegskunst macht mir keiner was vor, sondern ich bin auch in **jedem** Handwerk, in jeder Kunstfertigkeit eine unübertroffene Meisterin. Besonders die *Künste der Frauen* beherrsche ich wie keine andere, das **Spinnen** und das **Weben** habe ich sogar **ERFUNDEN**. Aber ich kann nicht nur **alles**, ich weiß auch **ALLES**: Ich bin die KLÜGSTE aller Göttinnen und Götter, sogar schlauer als mein Vater ZEUS. Die Menschen verehren mich deshalb als Göttin der Weisheit. Mein Ziel ist es, auf jedem Gebiet **DIE BESTE!!** zu sein.

DAS MAG ICH GANZ UND GAR NICHT

Wenn jemand glaubt, dass er besser sei als ich. Das ist schlicht unmöglich. Um mich ganz klar auszudrücken: **ICH!** bin einfach **DIE BESTE!!**

Dies ist meine Geschichte

Ich will dir kurz erzählen, warum ich meine Mutter nie gesehen habe. Mein Vater Zeus war, bevor er Hera kennenlernte, schon einmal verheiratet, und zwar mit Metis, einer unglaublich klugen Titanin. Bald nach der Hochzeit wurde Metis schwanger. Kurz darauf weissagte die Erdgöttin Gaia meinem Vater: Sollte Metis einen Sohn gebären, würde der stärker werden als sein Vater und ihn von seinem Götterthron stoßen; sollte sie eine Tochter zur Welt bringen, würde die genauso weise wie ihre Mutter werden. Da hat Zeus nicht lange gefackelt: Einen Sohn, der ihn stürzte, wollte er nicht haben. Er hat seinen göttlichen Mund unglaublich weit aufgesperrt und Metis einfach verschlungen. Mit einem einzigen Happs. Metis hat das überlebt. Aber sie ist ja auch eine Titanin. Sie hat sich selbst geschrumpft, vermute ich. Ihre Weisheit ging auf Zeus über. Und auf die Kinder, die in ihrem Bauch heranwuchsen. Ja, ich sagte Kinder. Metis erwartete Zwillinge, meinen Bruder und mich.

Einige Monate nachdem Zeus Metis verschlungen hatte, bekam er furchtbare Kopfschmerzen, sein göttlicher Schädel dröhnte tagelang, als würde ein Kyklop ihn mit einem riesigen Hammer bearbeiten. Aber das war ich. Ich habe von innen gegen Zeus' Schädel geklopft, weil ich an die frische Luft wollte.

Irgendwann hielt Zeus es nicht mehr aus, genau das hatte ich gehofft, und rief den Schmiedegott Hephaistos zu Hilfe. Der fackelte nicht lange: Er schwang eine gewaltige Axt und spaltete Zeus den Schädel. Und aus der Spalte sprang ich heraus, in voller Rüstung mit Helm und Speer (ich weiß bis heute nicht, wo ich das alles herhatte).

Zeus schüttelte sich kurz, rieb sich den Kopf, der Spalt wuchs wieder zu und die Kopfschmerzen verschwanden.

Ich kann dir das nicht empfehlen. Wenn du Kopfschmerzen hast, solltest du niemanden bitten, dir mit einer Axt auf den Kopf zu hauen. Das funktioniert bei euch Menschen nicht, glaub mir.

Zeus wunderte sich natürlich, als ich so in voller Kriegsmontur vor ihm stand. Aber da ich »nur« eine Tochter war, hat er mich schnell akzeptiert. Ich wollte ihn ja nicht stürzen. Und mit meiner grenzenlosen Klugheit hatte er sich bald abgefunden.

Was aus meiner Mutter und meinem Bruder wurde? Tja, die blieben in Zeus. Und da sind sie immer noch und werden es wohl auf unabsehbare Zeit bleiben. Wahrscheinlich gefällt es ihnen dort. Darum habe ich meine Mutter nie gesehen. Aber sie hat mir ihre Klugheit und tausend andere Fähigkeiten vererbt, wodurch ich auf tausend Gebieten zur BESTEN wurde, die sich von niemandem übertreffen lässt.

Es gab da allerdings einmal ein Mädchen, das wollte das einfach nicht einsehen. Arachne war ihr Name. Ganz Lydien sprach von ihr. Sie war ein Mädchen aus einfachen Verhältnissen. Ihre Mutter war schon gestorben, der Vater ein armer Wollfärber. Doch Arachnes Ruf hatte sich in ganz Lydien verbreitet, aus allen Landesteilen kamen die Menschen zu ihr, selbst Nymphen haben sie besucht. Und warum? Weil sie besser weben konnte als alle anderen. Dieses Handwerk hatte sie von ihren Eltern gelernt. Und weil sie es wagte zu behaupten, sie würde in der Webkunst sogar die Göttin des Handwerks übertreffen. Also mich! So eine grenzenlose Frechheit!

Immer wieder rühmte sie sich ihrer Kunstfertigkeit. Sie prahlte sogar in aller Öffentlichkeit, dass sie es auf einen Wettkampf MIT MIR ankommen lassen würde. Was für eine Unverschämtheit! Als ich das hörte, flog ich sofort vom Olymp hinunter nach Lydien, in das Städtchen Hypaipa, wo diese anmaßende Person wohnte. Sie stand vor ihrem Haus und arbeitete an einem Webstuhl. Ich stockte kurz. Wie sollte ich am besten vorgehen? Sie gleich in eine Kröte oder ein Warzenschwein verwandeln? Da kam mir eine bessere Idee: Ich verwandelte mich in eine alte Frau. Auf einen Stock gestützt, humpelte ich zu Arachne.

»Ein schönes Gewebe«, sprach ich mit brüchiger Stimme. »Wirklich, sehr schön. Fast könnte man meinen, Athene selbst sei deine Lehrmeisterin.«

Arachne blickte mich hochmütig an: »Was schwätzt du da, Mütterchen? Ich selbst bin meine eigene Lehrmeisterin. Wer braucht Pallas Athene? Schau dir mein Webstück an! So gut kann niemand weben, nicht einmal eine Göttin.«

Das war zu viel!

»Was bildest du dir ein?«, rief ich erbost und verwandelte mich zurück in meine wahre Gestalt. Die Menschen, die zufällig in der Nähe waren, erschraken und knieten ehrfurchtsvoll vor mir nieder. Nur Arachne blieb stehen. Immerhin errötete sie ein wenig.

»Willst du es auf einen Wettkampf mit mir ankommen lassen?«, fragte ich.

»Ja, das will ich«, erklärte das Mädchen. »Und ich werde siegen.«

Hatte man so was schon gehört? Eine Respektlosigkeit sondergleichen! Ich ballte wütend die Fäuste.

Es dauerte nicht lange, da standen vor dem Haus zwei Webstühle. Frauen aus der Nachbarschaft hatten sie herbeigebracht. Eine große Menschenmenge hatte sich inzwischen eingefunden. Dicht gedrängt standen sie vor den Webstühlen und wollten sich das Spektakel ansehen: ein dreistes Mädchen aus ihrer Stadt und die Göttin des Handwerks, die um die Wette weben. Die Kettfäden wurden gespannt, zwei große Körbe mit bunter Wolle bereitgestellt. Und dann legten wir los.

Wir arbeiteten stundenlang, ohne auf die andere zu achten und ohne eine Pause zu machen. Ich gab mein Bestes, konzentrierte mich mit all meiner göttlichen Kraft auf meinen Teppich, der nach und nach vor mir entstand. So ein schönes Stück hatte ich noch nie zuvor gewebt, einen wunderbaren Wandteppich mit den feinsten Bildern von uns Göttern. Da war ich selbst, mein Vater Zeus, sein Bruder Poseidon, auch die Siegesgöttin Nike, die ich bei diesem Wettkampf fest an meiner Seite wähnte. Auch Bilder von Menschen webte ich hinein. Menschen, die wir Götter für ihre Frechheiten bestraft und in Tiere verwandelt hatten. Ich verwendete nur die beste Wolle, nur die allerschönsten Farben. Und ich war mir sicher, dass ich gewinnen würde.

Als ich endlich fertig war, der Sonnenwagen näherte sich schon dem Horizont, trat ich siegesgewiss zu Arachnes Webstuhl hinüber. Auch sie hatte ihr Werk gerade beendet und stand nun lächelnd davor. Die Menschenmenge, die uns umstand, raunte anerkennend. Doch wessen Werk meinte sie?

Ich schaute mir Arachnes Teppich an – und spürte, wie etwas mir die Kehle zuschnürte. Wie hatte sie das gemacht? Auf ihrem Teppich wimmelte es von Dutzenden Geschichten in allen Farben des Regenbogens, Geschichten über Götter, auch einige über meinen Vater Zeus, vor allem solche, in denen er sich in Tiere verwandelt hatte – in einen Schwan, einen Stier, einen Adler. Sämtliche Geschichten auf Arachnes Teppich verspotteten uns Götter, zeigten uns in Situationen, in denen wir uns lächerlich gemacht hatten. Ich starrte den Teppich an. Was fiel diesem Mädchen ein!

Und jetzt erzähle ich dir etwas, was ich auf dem Olymp noch niemandem erzählt habe: Der Teppich war nicht gut. Nein, er war großartig! Er war wundervoll! Er war fantastisch! Er war göttlich! Er war ein wahres Meisterwerk! Sie hatte mich tatsächlich besiegt, diese anmaßende Person. Aber das konnte ich natürlich nicht zugeben, schon gar nicht in Gegenwart all dieser Leute, die staunend um uns herumstanden.

»Lächerlich«, sagte ich. »Dein Werk ist einfach lächerlich.«

Die Umstehenden schüttelten den Kopf, einige murrten, aber niemand wagte zu protestieren. Niemand außer Arachne.

»Das ist nicht lächerlich«, sagte sie bestimmt. »Die Leute sollen entscheiden, wer von uns beiden das bessere Werk geschaffen hat.«

»Die Leute haben gar nichts zu entscheiden«, sagte ich, trat an Arachnes Webstuhl heran und riss ihren Teppich herunter. Ich zögerte. Sollte ich es wirklich tun? Der Stoff war so wundervoll … Doch dann gab ich mir einen Ruck. Ich zerriss das Gewebe in tausend Stücke und warf sie in den Staub.

»Ich allein entscheide, wer gewonnen hat«, rief ich. »Denn ich bin eine Göttin. Und du bist … du bist nur …« Plötzlich kam mir eine Idee. »… eine Spinne.«

»Eine Spinne?«, fragte Arachne verdutzt.

»Ja, eine Spinne«, wiederholte ich. »Als Spinne kannst du den ganzen Tag an deinen Netzen weben und mir keinen Ärger mehr machen.«

Im nächsten Moment schlug ich Arachne mit meinem Weberschiffchen auf den Kopf und sie verschwand. Dort, wo sie eben noch gestanden hatte, krabbelte eine kleine Spinne verängstigt durch den Staub.

Ich bin eine gnädige Göttin! Ich habe das Mädchen nicht getötet, wie sie es eigentlich verdient gehabt hätte für ihren Hochmut. Ich habe sie nur in eine Spinne verwandelt. So kann sie den ganzen Tag ihrem Hobby nachgehen. Und sie kommt bestimmt nicht mehr auf die Idee zu behaupten, dass sie besser sei als ich.

Und auch du solltest nicht vergessen: Ich, die Zeustochter Athene, bin einfach DIE BESTE! Niemand sollte es wagen, etwas anderes zu behaupten. Du siehst ja, was dann geschieht.

DAIDALOS
Ich habe unendlich viele Ideen
Ich tüftel und bastel sehr gerne
Dauernd GRÜBELE ich über etwas nach
Meistens findest du mich in meiner Werkstatt
Zeichnen ist auch ein Hobby von mir!
DAS·GENIE

DAS BIN ICH

DAIDALOS

Die Römer kennen mich als: Daedalus!

☒ sterblich

☐ unsterblich

ZU MEINER FAMILIE GEHÖREN

Meine Familie ist sehr übersichtlich: Meine Eltern und meine Frau sind früh gestorben. Danach hatte ich nur noch meine Schwester, meinen Neffen und meinen lieben Sohn Ikaros. Aber auch diese drei habe ich verloren.

MEINE HEIMAT IST

Athen, dort bin ich aufgewachsen, dort habe ich mein Handwerk gelernt. Später hat es mich für einige Jahre nach Kreta verschlagen, schließlich nach Sizilien.

DAS KANN ICH BESONDERS GUT

Tüfteln, basteln, ausprobieren und Neues erfinden. Am liebsten arbeite ich den ganzen Tag in meiner Werkstatt. Ich bin Handwerker und Baumeister, Forscher und Erfinder, Ingenieur und Künstler. Und am liebsten alles zur gleichen Zeit.

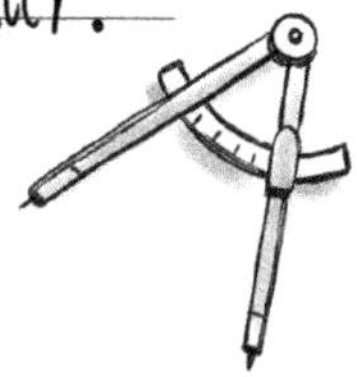

DAS MAG ICH GANZ UND GAR NICHT

Wenn jemand Dinge erfindet, die ICH! erfinden wollte. Und wenn er dafür von den Leuten bewundert wird. Da kann ich "ungemütlich" werden, schlecht gelaunt, jähzornig und richtig hinterhältig. Ja, ich weiß, das sind keine guten Eigenschaften. Ich selbst habe "teuer" dafür bezahlt, das kannst du mir glauben.

DAIDALOS

Dies ist meine Geschichte

Ich bastle und erfinde für mein Leben gern. Zu Hause in Athen war ich ein angesehener Mann, ein weit über die Grenzen der Stadt hinaus bekannter Ingenieur und Erfinder. Eigentlich wollte ich keinen Lehrling haben, die kosten Zeit und Nerven, aber meiner Schwester konnte ich ihren Wunsch nicht abschlagen: Ich nahm Perdix auf, ihren Sohn, um ihn zu unterrichten. Der Junge war gut, richtig gut. Nach einiger Zeit merkte ich, dass er bessere Einfälle hatte als ich. So gingen wir einmal am Strand spazieren. Dort entdeckte Perdix das Skelett eines Fisches. Er nahm es mit nach Hause, betrachtete es eingehend von allen Seiten, verschwand dann in meiner Werkstatt und kam erst am nächsten Tag wieder heraus. Das Fischskelett mit seinen zackigen Gräten hatte ihn die Säge erfinden lassen. Ein äußerst nützliches Werkzeug, wie ich zugeben musste, das seit der Erfindung meines Neffen auf der ganzen Welt gebraucht wird. Er war so stolz darauf. Und ich wurde eifersüchtig.

Perdix ersann viele neue Dinge, so den Zirkel, den er aus zwei eisernen Stäben fertigte. Mit diesem Werkzeug konnten wir endlich exakte Kreise zeichnen. Auch die Töpferscheibe erfand er, seitdem können die Töpfer wunderbar gleichmäßige Gefäße herstellen. Wenn wir durch die Straßen Athens spazierten, schauten uns die Leute bewundernd an. Aber sie zeigten nicht mehr auf mich, sondern auf meinen Neffen. Das konnte ich nicht ertragen. Ich war doch der berühmte Erfinder! Der Zorn packte mich und ließ mich nicht mehr los.

Unter einem Vorwand führte ich Perdix auf die Akropolis, den hohen Burgberg Athens, auf dem unsere Schutzgöttin ihren Tempel hat. Ich brachte ihn an eine Stelle, an der es steil in die Tiefe geht. Dann gab ich Perdix einen Schubs und er fiel hinunter. Du hinterhältiger Mörder, wirst du jetzt denken, was für ein grausames Verbrechen! Ja, du hast recht, das war wirklich hinterhältig. Aber ein Mörder wurde ich, Athene sei Dank, nicht. Unsere Stadtgöttin hatte wohl geahnt, was ich vorhatte. Und da sie alle Handwerker und Künstler gernhat, griff sie ein. Im letzten Moment fing sie Perdix auf und rettete ihn vor dem sicheren Tod.

Allerdings brachte sie ihn nicht zurück auf die Akropolis oder zu seiner Mutter. Nein, sie verwandelte ihn in einen Vogel, genauer gesagt in ein Rebhuhn. So flatterte er davon. Perdix wurde zum ersten Rebhuhn überhaupt. Und Rebhühner mögen keine großen Höhen, das weißt du vielleicht. Sie nisten nicht auf Bäumen, sondern brüten ihre Eier an einer geschützten Stelle auf dem Boden aus. Daran bin ich schuld, weil ich meinen Neffen von der hohen Akropolis gestürzt habe.

Natürlich wurde ich für diese Untat bestraft. Meine Schwester starb an dem Schmerz über den Verlust ihres Sohnes; auf ihrem Sterbebett verfluchte sie mich und flehte zu Athene, dass ich den gleichen Schmerz erleiden möge wie sie.

Ein Gericht verurteilte mich zu lebenslanger Verbannung. Ich musste Athen unverzüglich verlassen. Da bestieg ich zusammen mit meinem Sohn Ikaros, der war damals acht Jahre alt, ein Schiff und fuhr nach Kreta, wo der mächtige König Minos herrschte. Ich hoffte, dass der vielleicht einen berühmten Erfinder gebrauchen könnte.

Meine Hoffnung war berechtigt. Minos nahm mich freundlich auf, schenkte mir ein kleines Haus in der Nähe seines Palastes und sogar einige Sklaven, die mir die tägliche Arbeit erleichterten. So konnte ich mich wieder ganz meinen Erfindungen widmen, während Ikaros fröhlich in den Palastgärten herumspielte.

Während der Jahre auf Kreta versuchte ich, meinen Kummer zu verdrängen, möglichst nicht an meine Untat und an meine Heimat zu denken, was mir nicht leichtfiel. Doch die Dinge, die ich für König Minos baute, lenkten mich ab, vor allem mein Meisterwerk, auf das ich noch heute stolz bin und von dem man in der ganzen Welt erzählt: das große Labyrinth. Ich errichtete es für den Minotauros, dieses furchtbare Ungeheuer. Mein Bauwerk sorgte dafür, dass der Minotauros kein Unheil anrichten konnte. Eine wahre Glanzleistung, in aller Bescheidenheit. Unzählige Menschenleben habe ich durch diese Erfindung gerettet. Man stelle sich vor, der Minotauros hätte sich frei auf Kreta bewegen können!

Mein Labyrinth machte ihn unschädlich. Bis Theseus kam, der Prinz von Athen, meiner Heimatstadt, und das Ungeheuer tötete. Aber er hätte niemals den Weg aus dem Labyrinth herausgefunden, hätte ich nicht die Idee mit dem Faden gehabt, den Theseus am Eingang des Labyrinths befestigte. Bevor er zusammen mit Prinzessin Ariadne nach Athen floh, ließ er noch die Schiffe des Minos leckschlagen. Auch das war meine Idee! Genial, oder?

Drei Tage lang ist Minos daraufhin wütend durch den Palast gerannt. Er hat dabei immer wieder mich verdächtigt. Zu Recht. Aber beweisen konnte er mir nichts.

»Wie hat dieser Athener den Weg aus dem Labyrinth gefunden?«, fragte er immer wieder laut. »Es gibt nur einen, der ihm dabei geholfen haben kann. Ein anderer Athener, der damit meine Gastfreundschaft auf das Schändlichste missbraucht hat!«

Ich beschloss zu fliehen, bevor ich selbst in mein eigenes Labyrinth gesperrt wurde. Doch wie sollte ich fliehen? Kreta ist eine

Insel. Minos war ein mächtiger König, er kontrollierte die Küsten und die Schiffe. Und er ließ mich beobachten, das verrieten mir meine Sklaven.

Da kam mir die nächste geniale Idee: Ich musste es auf dem Luftweg versuchen. Wie soll das gehen?, fragst du dich vielleicht. Schließlich bin ich kein Vogel! Recht hast du. Ich bin kein Vogel. Aber ich wollte mir Flügel bauen, Flügel, wie sie ein Vogel hat. Und mit deren Hilfe wollte ich Kreta verlassen. Mein Sohn Ikaros musste natürlich mitkommen. Es mussten Flügel werden, die uns sicher über das Meer trugen. So etwas hatte noch kein Mensch zuvor zu bauen gewagt – eine herrliche Herausforderung für einen genialen Erfinder wie mich!

Wir hatten nicht viel Zeit. Ich arbeitete nächtelang an den Plänen. Dann schickte ich Ikaros los, Federn zu suchen, möglichst große. Ich selbst fügte sie in meiner Werkstatt mit Schnüren, Leisten und Bienenwachs zu großen Schwungflügeln zusammen. Natürlich heimlich, Minos durfte davon nichts mitbekommen. Ich arbeitete wie ein Besessener, weil ich jeden Moment damit rechnete, von Soldaten des Königs zum Verhör in den Palast geschleppt zu werden. Doch wir hatten Glück, Minos rechnete wohl nicht damit, dass wir unsere Flucht vorbereiteten.

Nach zehn durchgearbeiteten Nächten sollte es losgehen. Bei Sonnenaufgang schlichen Ikaros und ich hinunter zum Strand, die vier Flügel in großen Tüchern versteckt. Dann legten wir sie an und befestigten sie mit Lederriemen an unseren Armen. Ikaros war ganz aufgeregt. Er freute sich unbändig aufs Fliegen und tänzelte unruhig auf der Stelle.

»Wann geht es endlich los, Papa?«

»Ganz ruhig, mein Sohn. Ich bin gleich so weit.« Ich zurrte den letzten Riemen fest. »Hör gut zu. Du bleibst immer hinter mir. Ist das klar?«

Ikaros nickte, doch ich merkte, dass er mir gar nicht richtig zuhörte. Er schaute mit großen Augen in den wolkenlosen Morgenhimmel und schlug unruhig mit den Flügeln.

»Du fliegst nicht zu tief. Damit das Wasser deine Federn nicht nass macht. Dann werden sie zu schwer und ziehen dich hinunter. Und du fliegst nicht zu hoch. Dort oben rast Helios mit seinem Sonnenwagen über den Himmel. Wenn du zu hoch fliegst, wird das Wachs, das deine Flügel zusammenhält, in der Hitze der Sonne schmelzen. Und du würdest hilflos in die Tiefe stürzen.«

»Alles klar, Papa«, sagte Ikaros. »Kann es jetzt losgehen?«

Ich hatte ein mulmiges Gefühl. Wahrscheinlich ahnte ich, was passieren sollte.

»Ja, es kann losgehen«, sagte ich. Und dann schwangen wir uns empor. Unglaublich! Es funktionierte. Nach wenigen Augenblicken waren wir schon hoch in den Lüften und blickten auf den Strand hinunter.

»Juhu!«, rief Ikaros. »Ich kann fliegen.« Er schoss an mir vorbei und flog davon.

»Warte!«, rief ich. »Nicht so schnell! Und nicht so hoch!«

Eine Zeit lang ging alles gut. Ikaros hörte auf meinen Rat. Wir flogen immer weiter in Richtung Norden. Dort lag Athen, dort wollten wir hin. Unter uns die glitzernden Fluten des Ägäischen Meeres, dann und wann tauchten größere und kleinere Inseln darin auf. Ich erkannte Delos, die Geburtsinsel der göttlichen Zwillinge. Kurz darauf passierte es. Ikaros hatte sich nicht mehr im Griff. Der Übermut hatte ihn gepackt. Oder der Leichtsinn. Oder die Freude am Fliegen. Ich weiß es nicht. Er sauste an mir vorbei, flog höher und höher und kam dem glühenden Sonnenwagen immer näher. Ich rief ihm verzweifelt hinterher, doch er hörte nicht auf mich.

Da begann das Wachs an seinen Flügeln zu schmelzen. Die Federn lösten sich. Ikaros blickte verwundert auf seine Arme, schwang sie mit aller Kraft, doch es waren keine Flügel mehr da, die ihn tragen konnten. Im nächsten Augenblick schoss er wie ein Stein in die Tiefe. Ich stieß hinterher, verlor ihn aus den Augen, suchte und suchte, flog bald hierhin, bald dorthin, bis ich meinen Sohn schließlich leblos am Strand einer Insel fand, auf den ihn das Meer gespült hatte. Er war tot. Meine Trauer war endlos. Ich war mir sicher, dass Athene mich mit Ikaros' Tod für das bestrafen wollte, was ich meinem Neffen Perdix und meiner Schwester angetan hatte. Aber musste sie ein unschuldiges Kind in den Tod stürzen lassen? Warum hat sie nicht Thanatos, den Todesgott, zu mir geschickt? Dies werde ich mich bis an mein Lebensende fragen.

Ich bestattete Ikaros auf der Insel und gab ihr den Namen Ikaria. Sie soll bis in alle Ewigkeit an meinen lieben Sohn erinnern. Ich selbst flog nicht weiter nach Athen, ohne meinen Sohn wollte ich dort nicht leben. Stattdessen flog ich nach Sizilien fern im Westen. Hier nahm mich der König Kokalos freundlich auf. Und hier lebe ich nun seit vielen Jahren und arbeite als Erfinder und Baumeister und versuche, nicht zu oft an die traurige Geschichte mit meinem Sohn zu denken.

DEMETER
Mein Lieblingsschmuck ist ein BLUMENKRANZ
Bienen finde ich super!
Ich sorge dafür, dass alles blüht und Früchte trägt
Mit meinem langen Gewand bin ich IMMER anständig gekleidet
Ich Liebe blühende Wiesen!!
PEACE
DIE
BIO-GÖTTIN

DAS BIN ICH

DEMETER

Die Römer nennen mich: „Ceres"

☐ Sterblich

☒ unsterblich

ZU MEINER FAMILIE GEHÖREN

meine Eltern, Rhea und Kronos, beides Titanen. Sie herrschten über die Welt, bevor mein Bruder ZEUS sie stürzte und in den „finsteren" Tartaros verbannte, ein „grausiger" Abgrund unterhalb der **Unterwelt**. Dort leben sie bis in **ALLE Ewigkeit**. Ich habe **5** Geschwister, allesamt Götter: Meine Brüder sind POSEIDON, ZEUS und **HADES**, meine Schwestern Hestia und Hera. Mit Zeus hatte ich mal eine kleine Affäre (ja, ich weiß, er ist mein Bruder, aber bei uns Göttern ist das kein Problem). Daraus entsprang meine liebe Tochter Persephone.

MEINE HEIMAT IST

Ich wandere gerne durch die ganze Welt, am liebsten über fruchtbare Felder und blühende Wiesen. Mein Lieblingsort ist Eleusis, das liegt in Griechenland in der Nähe von Athen. Dort verehren mich die Menschen mit einem großen Fest, das sie Mysterien nennen.
Auf dem Olymp halte ich mich nicht gerne auf: Das ist ein kalter, zugiger Berg, dort wachsen **keine** Blumen, **keine** Gräser, **kein** Getreide – darum mag ich ihn **nicht**.

DAS KANN ICH BESONDERS GUT

Auf der Erde ALLES **blühen** und **wachsen** lassen. Mit einem „Fingerschnippen" kann ich **jede** trockene Wüste, **jede** karge Einöde in eine blühende Landschaft verwandeln. Oder andersherum – entziehe ich einem fruchtbaren Feld oder einer Blumenwiese meine Gunst, dann verdorrt dort alles in kürzester Zeit.

DAS MAG ICH GANZ UND GAR NICHT

Intrigen, **Gemeinheiten** und Trickserelen – ganz egal, wer sie begeht. Pflanzen können nicht gemein und hinterlistig sein, darum habe ich sie so **gern** und halte mich von Göttern und Menschen fern, so weit es geht.

DEMETER

Dies ist meine Geschichte

Vielleicht hast du dich schon einmal gefragt, warum es Jahreszeiten gibt, warum die Natur im Frühling und im Sommer blüht und grünt, im Herbst und im Winter hingegen schläft. Tja, ehrlich gesagt, liegt das an mir: Weil ich mich von meinen Brüdern habe austricksen lassen. Ich hoffe, deine Brüder sind keine Götter, die können nämlich richtig fies sein. Aber ich habe mir das nicht gefallen lassen, sondern ihnen gezeigt, wie groß meine Macht ist. Ein zweites Mal werden meine Brüder sich nicht mit ihrer ach so sanftmütigen Schwester anlegen, da bin ich mir sicher.

Ich habe ihnen gezeigt, dass die liebe Bio-Göttin auch ganz andere Saiten aufziehen kann. Was genau geschehen ist? Lies meine Geschichte:

An einem schönen Sommertag vor vielen, vielen Jahren besuchten meine geliebte Tochter Persephone und ich die große Insel Sizilien. Während ich mir die Tempel anschaute, die die Menschen dort für mich gebaut hatten, streifte Persephone stundenlang über eine endlose Wiese mit den allerherrlichsten Gräsern und Blumen. Sie hat Blumen doch so gern, genau wie ich!

Mein Bruder Zeus hatte mir den Tipp gegeben. »Reist nach Sizilien«, hatte er gesagt. »Da gibt es eine Wiese, die ihr euch unbedingt anschauen müsst. Sie wird ein unvergessliches Erlebnis für Persephone sein.«

Mir steigt heute noch die Zornesröte ins Gesicht, wenn ich daran denke, wie er mich damals reingelegt hat! Ich ahnte nichts, zeigte meiner Tochter die schöne Wiese und machte mich auf zu den Menschen. Was dann passierte, hat mir Persephone später erzählt.

Meine Tochter spazierte, nichts Böses ahnend, auf der Wiese umher, pflückte hier ein paar Blumen, spielte dort mit den Schmetterlingen, da sah sie plötzlich eine wundersame Narzisse, die sie ganz in ihren Bann zog: Sie hatte hundert Blütenköpfchen, die einen so bezaubernden Duft verströmten, dass Persephone meinte, der Himmel selbst würde lachen. Die Narzisse war plötzlich aus dem Boden gekommen, einfach so, glaubte mein unschuldiges Töchterlein. Aber das hatte Zeus, mein trickreicher Bruder, veranlasst!

Persephone wollte die Narzisse gerade pflücken, da sprang wenige Schritte neben ihr die Erde auf und ein grausiger Wagen schoss heraus, der von vier dunkelblauen Pferden gezogen wurde. Hinten auf dem Wagen stand mein Bruder Hades mit seinem schwarzen Umhang, seiner schwarzen Krone und seinen feurigen Augen. Persephone starrte ihn entsetzt an, doch ihr blieb nicht einmal Zeit, um Hilfe zu schreien: Hades zerrte sie auf seinen Wagen und raste mit ihr zurück in die Erdspalte, hinein in die Unterwelt.

Als ich kurz darauf zu der Wiese kam, war dort nichts Auffälliges mehr zu sehen, die wunderschöne Narzisse war verschwunden, ebenso die Spalte im Boden. Und meine Tochter. Panik überfiel mich. Ich spürte, dass etwas Schreckliches passiert war. Immer wieder rief ich laut Persephones Namen, doch es kam keine Antwort. Als es zu dämmern begann, besorgte ich mir eine riesige Fackel, den Stamm einer Fichte, entzündete sie am Ätna und durchsuchte zunächst ganz Sizilien, danach den Rest der Welt.

Neun Tage und neun Nächte lang irrte ich verzweifelt umher, nahm weder Nektar noch Ambrosia, die Speisen der Götter, zu mir, sondern suchte und suchte und suchte. Vergeblich. Ich war völlig verzweifelt. Was sollte ich tun, wo sollte ich noch suchen?

Ich rang die Hände und schaute Hilfe suchend zum Himmel

hinauf. Da, Helios mit seinem Feuerwagen! Ich hatte eine Idee. Am Abend eilte ich auf den Olymp zum Palast des Sonnengottes.

»Hast du meine Tochter gesehen?«, fragte ich flehentlich, als ich Helios in einem der Säle seines Palastes gefunden hatte. »Wenn sie einer gesehen haben kann, dann du! Du siehst doch alles auf der Welt.«

»Gut möglich«, gab Helios zurück. »Aber was ist denn mit dir passiert, verehrte Demeter? Dein Blumenkranz ist verwelkt, dein Ährenkleid zerzaust.«

»Ich habe meine Persephone verloren«, rief ich. Tränen schossen mir in die Augen.

»Beruhige dich, Demeter. Ich habe sie tatsächlich gesehen. Auf einer Wiese auf Sizilien. Dort pflückte sie Blumen. Und plötzlich schoss Hades aus dem Boden und hat sie in die Unterwelt gezogen.«

Ich schnappte nach Luft.

»Hör zu«, fuhr Helios fort und senkte seine Stimme. »Soweit ich weiß, stecken Hades und Zeus unter einer Decke. Du weißt ja, dass Hades seit Langem vergeblich versucht, eine Frau zu finden. Bisher haben alle Göttinnen seine Annäherungsversuche zurückgewiesen. Keine hatte Lust, zu ihm in das Totenreich zu ziehen. Ist auch verständlich: Da unten soll es ja ziemlich finster und unheimlich sein zwischen all den schlecht gelaunten Schatten.«

»Du willst doch nicht etwa sagen …?«

»Doch«, antwortete Helios. »Die beiden haben sich Persephone ausgeguckt. Sie ist ja noch unverheiratet. Und ganz hübsch anzusehen. Und dann haben sie sich den Trick mit der Reise nach Sizilien, der Blumenwiese und der Narzisse ausgedacht.«

»Ich fasse es nicht!«, stieß ich hervor.

»Reg dich nicht auf, Demeter. So schlecht hat es deine Tochter gar nicht getroffen. Du weißt doch: Hades ist einer der mächtigsten Götter, er herrscht über ein gewaltiges Reich.«

»Ja, über das Reich der Toten«, rief ich entsetzt.

Helios zuckte mit seinen glühenden Schultern. »Und wenn schon. Er wird sie gut behandeln.«

»Ihr Kerle steckt doch alle unter einer Decke«, rief ich und verließ wütend den Olymp.

Wie gerne wäre ich in die Unterwelt geeilt und hätte meine Persephone zurückgefordert. Aber uns Göttern (außer einem) ist der Zutritt dort strengstens verboten, der Fährmann Charon würde uns niemals über den Fluss Acheron setzen. Ihr Menschen habt es da besser, ihr dürft die Unterwelt betreten. Allerdings müsst ihr dafür sterben. Und das können wir Götter ja nicht.

Ich war wütend und traurig zugleich und zog mich in ein einsames Tal bei Eleusis zurück. Was sollte ich tun? Gegen meine Brüder Hades und Zeus hatte ich keine Chance. Das dachte ich jedenfalls zunächst. Ich verkroch mich in eine dunkle Höhle und ließ meiner Trauer freien Lauf. Die Pflanzen, die Wiesen, das Getreide auf den Feldern – sie interessierten mich nicht mehr.

Erst als ich meine Höhle nach einigen Tagen verließ, stellte ich überrascht fest, wie groß meine Macht tatsächlich ist. Zwar kann ich keine tödlichen Blitze schleudern, kein riesiges Totenreich beherrschen, doch ich bin die Herrin der Pflanzen und an denen hängt alles Leben auf dieser Welt. Ich schaute mich überrascht um: Die Felder, die Wiesen, die Blumen, die Bäume und Sträucher – alles war vertrocknet. Es wuchs kein Getreide mehr auf den Feldern, keine Früchte an den Bäumen, kein Gemüse in den Gärten. Die Menschen begannen zu hungern. Sie hatten jetzt andere Sorgen, als den

Göttern Opfer zu bringen. Sie kämpften um ihr Überleben. Meine lieben Brüder, dachte ich da, jetzt wollen wir doch mal sehen, wer am längeren Hebel sitzt.

Bald bemerkte Zeus, dass die Menschen den Göttern nicht mehr opferten, dass sie sich überhaupt nicht mehr für die Götter interessierten, weil sie andere Probleme hatten. Und das gefiel Zeus ganz und gar nicht. Er schickte seinen Boten Hermes zu mir und bat mich, meine Arbeit zu verrichten und mich um die Pflanzen zu kümmern. Doch ich weigerte mich und ließ Zeus ausrichten, dass er zuerst meine Tochter aus der Unterwelt entlassen sollte. Mein Plan ging auf: Zeus blieb nichts anderes übrig, als Hermes in das Totenreich zu schicken. Hermes darf als einziger Gott die Unterwelt betreten, er begleitet ja auch die Seelen der Verstorbenen dorthin. Meine Tochter hat mir später erzählt, wie Hermes den Totengott gebeten hat, sie freizulassen. Hades zögerte kurz, dann willigte er ein, schließlich war Hermes im Auftrag des Götterkönigs gekommen. Er drückte meiner Tochter aber noch ein paar Granatapfelkerne in die Hand. »Als Reiseproviant«, erklärte er ihr grinsend. »Für den langen Weg nach oben.«

Bis dahin hatte Persephone in der Unterwelt so viel geweint und geklagt, dass sie nichts gegessen und getrunken hatte. Und das war auch gut so. Denn niemand, der im Totenreich etwas isst, darf dieses Reich wieder verlassen. Das ist auch ein eisernes Unterweltsgesetz, über das nicht einmal wir Götter uns hinwegsetzen dürfen. Mein Bruder Hades kannte dieses Gesetz, nicht aber meine ahnungslose Tochter. Als Hermes sie nach oben geleitete, naschte sie die Granatapfelkerne. Ach, hätte ich ihr doch vorher gesagt, dass sie in der Unterwelt nichts essen darf! Aber ich konnte ja nicht ahnen, dass sie dorthin kommen würde.

Als Hermes und Persephone den Ausgang erreicht hatten, fiel ich meiner Tochter um den Hals und umarmte sie so fest, wie das wohl alle Mütter tun, die ein verloren geglaubtes Kind wiederfinden. Dann flogen wir auf den Olymp, ich wollte mich bei Zeus für seine Hilfe bedanken. Glaub mir, leichtgefallen ist mir das nicht, denn er hatte ja zusammen mit Hades die Entführung eingefädelt. Aber ich wollte es tun, um des lieben Familienfriedens willen.

Hermes brachte uns in Zeus' Palast. Dort saß er in dem großen Festsaal auf seinem Thron und lächelte uns an.

»Hab Dank, großer Bruder«, sagte ich zögerlich. »Wie du siehst, hat Hades meine Tochter herausgegeben.«

»Das sehe ich«, sagte Zeus und musterte Persephone. »Geht es dir gut, mein Kind? Du siehst blass aus.«

Persephone schüttelte den Kopf. »Mir ist ein bisschen übel«, sagte sie. »Ich habe so ein komisches Drücken im Bauch.«

Zeus hob die Augenbrauen. »Möchtest du etwas trinken? Einen Schluck Nektar vielleicht?«

»Nein, danke. Es sind bestimmt nur die Kerne, die mir Hades gegeben hat.«

Mich durchfuhr es eiskalt. »Welche Kerne?«, fragte ich mit dunkler Vorahnung.

»Granatapfelkerne«, sagte meine Tochter. »Die mag ich doch so gerne. Ich hatte ja tagelang nichts gegessen. Aber irgendwie liegen sie mir schwer im Magen.«

»Du hast in der Unterwelt etwas gegessen?«, fragte Zeus mit drohender Stimme.

Persephone nickte.

Zeus schaute mich mit finsterer Miene an. »Du weißt, was das heißt?«

Ich presste die Lippen aufeinander und nickte wortlos.

»Was ist denn los?«, fragte Persephone und schaute uns beide mit großen Augen an. »Worüber redet ihr?«

»Über deine Zukunft«, sagte Zeus. »Du musst zurück zu Hades.« Und dann erzählte er ihr von dem eisernen Unterweltsgesetz, gegen das sie verstoßen hatte.

»Nein, bitte nicht«, schrie Persephone. »Das könnt ihr mir nicht antun. Bitte, Vater, das halte ich nicht aus. Es ist so finster da unten.«

Tränen stiegen ihr in die Augen. Sie hat nah am Wasser gebaut, meine liebe Tochter, genau wie ich. Ich legte tröstend meinen Arm um ihre Schulter. Gab es denn gar keinen Ausweg?

Zeus kratzte sich seinen Bart und schaute Persephone an. Fast meinte ich, eine Spur von Mitleid in seinem Gesicht entdecken zu können. Das kommt bei ihm nicht allzu häufig vor. Aber schließlich ging es ja um das Schicksal seiner eigenen Tochter.

»Passt auf«, sagte er schließlich. »Wir machen es so: Die eine Hälfte des Jahres lebst du in der Unterwelt bei deinem Onkel Hades, die andere Hälfte darfst du ihn verlassen und auf die Erde zu deiner Mutter zurückkehren. Was haltet ihr davon?«

Persephone und ich schauten uns an. Glücklich waren wir mit dieser Lösung nicht. Aber auch nicht unglücklich.

»Okay«, sagte Persephone schließlich. »Ein halbes Jahr werde ich es da unten wohl aushalten. Aber ich möchte einen Thron haben. Und eine goldene Krone. Und die Schatten der Toten müssen auf mich hören. Und die Menschen sollen mich als große Göttin verehren.«

Ich schaute meine Tochter überrascht an. Anscheinend freute sie sich sogar auf ihre neue Aufgabe als Königin der Unterwelt.

»Das soll geschehen«, sagte Zeus grinsend.

Ja, so kam es, dass ich meine Tochter jedes Jahr für sechs Monate verliere. Dann zieht sie zu ihrem Gemahl in die Unterwelt und herrscht dort als Königin über die zahllosen Schatten. Ich, die Göttin der Fruchtbarkeit und der Pflanzen, ziehe mich dann unglücklich auf den Olymp zurück. Die Natur hört auf zu wachsen, zu blühen und zu grünen. Ihr Menschen nennt diese Zeit den Herbst und den Winter. Aber wenn Persephone zurückkommt, dann verlasse ich den Olymp und streife glücklich mit ihr durch die Welt. Dann beginnt die Natur wieder zu wachsen und zu grünen. Und diese Zeit nennt ihr Menschen den Frühling und den Sommer.

DIDO
Ich bin eine berühmte Königin
Ich habe viele schlaue Ideen
Ich bin ziemlich selbstbewusst!!
Ich trage den Kostbarsten Schmuck
Ich kleide mich nur in prächtige Gewänder
Ich kann auf meinen eigenen Füßen stehen!
DIE
KLUGE·KÖNIGIN

DAS BIN ICH

DIDO

In Karthago hat man mir den Namen Elissa gegeben

☒ Sterblich

☐ unsterblich

ZU MEINER FAMILIE GEHÖREN

mein Ehemann Sychaios, doch der wurde ermordet, und zwar von meinem eigenen Bruder. Kannst du dir das vorstellen? Und mich!! wollte er auch noch umbringen. Darum bin ich aus meiner Heimat geflohen und habe mir eine neue gesucht.

MEINE HEIMAT IST

eigentlich **Phönizien**, an der östlichen Küste des Mittelmeeres. Aber von dort bin ich *geflohen* und habe im **Norden Afrikas** eine neue Heimat gefunden. Dort habe ich eine Stadt gegründet und sie Karthago genannt.

DAS KANN ICH BESONDERS GUT

Mein Schicksal in die Hand nehmen und das BESTE daraus machen. Ich bin eine selbstbewusste Frau, die sich von **niemandem** etwas sagen lässt. Und ich bin eine stolze und angesehene Königin, die ihre eigene Stadt umsichtig regiert.

DAS MAG ICH GANZ UND GAR NICHT

Wenn Männer glauben, sie seien schlauer als ich. Wenn sie meinen, sie könnten mich **austricksen**, mein Vertrauen missbrauchen, sich gar über mich *lustig!!* machen.

DIDO

Dies ist meine Geschichte

Ich möchte dir erzählen, wie ich mit Männern umgehe, die glauben, sie könnten sich über mich lustig machen. Vielleicht kannst du daraus ja etwas lernen und es genauso machen. Ich lasse mich doch nicht von irgendwelchen Typen hereinlegen, die mich für dumm verkaufen wollen!

Als ich noch eine junge Frau war, herrschten mein Ehemann Sychaios und ich als König und Königin über Phönizien. Unserem Land ging es gut: Niemand litt Hunger, wir lebten in Frieden mit unseren Nachbarn. Doch mein Bruder Pygmalion war eifersüchtig auf Sychaios und mich. Er wollte selbst König werden, obwohl ich älter bin als er. Immer wieder gerieten wir darüber in Streit. Dass Pygmalion selbst vor dem Schlimmsten nicht zurückschrecken würde, das hätte ich nie gedacht.

Zuerst lockte er meinen Mann Sychaios in einen Hinterhalt und ließ ihn von bezahlten Mördern umbringen. Als man mir die Nachricht vom Tod meines geliebten Sychaios überbrachte, konnte ich es einfach nicht fassen. Ich ließ in ganz Phönizien nach den Mördern suchen. Vergeblich. Am Tag seines Begräbnisses erzählte mir ein treuer Sklave, dass mein eigener Bruder hinter der Sache steckte. Er hatte zufällig gehört, wie Pygmalion sich mit dieser Tat vor seinen Vertrauten brüstete. Ich wollte es zunächst nicht glauben, ließ Pygmalion aber trotzdem beobachten und erfuhr wenige Tage später, dass ich sein nächstes Opfer sein sollte, damit er endlich König werden konnte. Schon am nächsten Morgen sollte ich sterben, die Mörder waren bereits unterwegs. Was sollte ich tun? Pygmalion zur Rede stellen? Ihn gar verhaften lassen? Mich im Palast verstecken?

Meine Getreuen um mich scharen und es auf einen Kampf ankommen lassen, gar auf einen Bürgerkrieg? Ich beriet mich stundenlang mit meinen Vertrauten und wir beschlossen, unser Heil in der Flucht zu suchen. Warum das?, fragst du dich vielleicht. Um ehrlich zu sein: Ich hatte einfach riesige Angst. Und ich war völlig verzweifelt, weil ich mich so allein fühlte nach dem Tod meines Mannes. Sollte Pygmalion doch über Phönizien herrschen! Mir war das ganz egal. Darum sammelte ich noch in der Nacht meine engsten Gefährten und verließ zunächst in aller Heimlichkeit den Palast, dann auch das Land. Hier war ich meines Lebens nicht mehr sicher. Wir konnten kaum mehr mitnehmen als unser nacktes Leben. Mein Bruder ließ uns verfolgen, doch wir waren schneller, konnten unseren Verfolgern entkommen, wenn auch mit Müh und Not, und Phönizien verlassen.

Monatelang waren wir unterwegs, schließlich gelangten wir an einen fruchtbaren Küstenstreifen an Afrikas Nordküste. Das Land war nur dünn besiedelt, allerdings hatte hier Jarbas das Sagen, der König der Gaetuler, eines Nomadenvolkes, das am Rande der großen Wüste lebte. Wir suchten und fanden ihn unweit der Küste, wo er seine Zelte aufgeschlagen hatte. Er saß unter einem prächtigen Sonnenschirm und ließ sich von einem Sklaven mit einem Fächer aus Straußenfedern Luft zufächeln. Ein anderer Sklave reichte ihm einen goldenen Becher, aus dem Jarbas kühlen Wein schlürfte.

Ich trat zu ihm, stellte mich vor und fragte ihn höflich, ob er uns ein Stück Land überlassen würde.

»Du gebietest über ein riesiges Reich«, sagte ich. »Doch es ist nahezu unbewohnt und an der Küste überaus fruchtbar. Wir haben einen langen Weg hinter uns auf der Suche nach einer neuen Heimat. Wir sind müde und erschöpft, König Jarbas. Und wir würden uns sehr freuen, wenn du uns ein Gebiet an der Küste überlassen könntest, damit wir eine neue Stadt gründen können.«

Jarbas grinste scheinheilig und trank noch einen Schluck Wein.

»Natürlich schenke ich dir ein Stück Land, verehrte Dido. Wir Gaetuler sind für unsere Gastfreundschaft in aller Welt bekannt und berühmt. Aber nur so viel Land, wie du mit einer Kuhhaut umspannen kannst. Mehr kann ich leider nicht entbehren.« Dann lachte er hämisch, schnippte mit den Fingern und ließ mir von einem Sklaven die gegerbte und zusammengerollte Haut einer Kuh überreichen.

Ich nahm sie und schaute mir die lederne Rolle fassungslos an. Mit einer Kuhhaut umspannen?

»Das ist doch lächerlich!«, rief ich. »Selbst ein Huhn braucht mehr Platz. Wir sind über hundert Menschen auf der Suche nach einer neuen Heimat. Behandelt man so Hilfe suchende Flüchtlinge?«

Ich funkelte den König wütend an, der immer noch grinsend auf dem Stuhl vor seinem Zelt saß und sich Luft zufächeln ließ. Ich wollte ihm schon die lederne Rolle vor die Füße schleudern, da trat Anna, meine beste Freundin, an meine Seite.

»Beruhige dich, Dido!«, flüsterte sie mir zu. »Dir wird schon etwas einfallen. Solche Kerle muss man mit Klugheit besiegen. Blinde Wut nützt hier gar nichts.«

Ich nickte und atmete tief durch. Anna hatte recht. Dieser Jarbas sollte eine Lektion erteilt bekommen, die er nicht vergessen würde. So viel war sicher. Und schon schoss mir eine Idee durch den Kopf. Eine geniale Idee, wie sich herausstellen sollte.

»Wir nehmen dein Angebot dankend an«, sagte ich zu Jarbas und zwang mir ein Lächeln aufs Gesicht.

»Wirklich?«, fragte er überrascht.

»Aber sicher doch. Es ist so großzügig, dass wir es unmöglich ausschlagen können. Aber wir brauchen einen Tag Zeit. Hättest du die Güte, so lange zu warten? Ich möchte mir das Stückchen Land, das du uns schenkst, gerne sorgfältig aussuchen.«

»Nur zu«, sagte Jarbas. »Die Sache will wohlüberlegt sein. Kommt morgen zur selben Zeit wieder hierher. Dann will ich euch folgen und du kannst mir das Stück Land zeigen, das du mit dieser Kuhhaut umspannt hast, liebe Dido.«

»Das werde ich tun, verehrter Jarbas«, sagte ich. »Das werde ich ganz gewiss tun.«

Dieser eingebildete Dummkopf ahnte ja nicht, was ich vorhatte.

Wir verließen Jarbas' Lager und ritten in Richtung Meer. Ich wusste genau, wo ich meine Stadt gründen wollte. Direkt an der Küste hatte ich schon am Tag zuvor einen wunderbaren Platz ins Auge gefasst. Dort angekommen, rief ich meinen besten Kürschner und meinen besten Schneider herbei und trug ihnen auf, das Kuhfell in fadendünne Streifen zu schneiden und diese Streifen zu einem langen Lederband zusammenzunähen.

Am nächsten Tag ließ ich König Jarbas zu dem Platz an der Küste holen. Sein dämliches Grinsen war ihm immer noch nicht vergangen. Doch das sollte sich sehr schnell ändern.

»So, meine liebe Dido«, sagte er. »Welches Fleckchen Erde hast du dir ausgesucht? Ich kann die Kuhhaut nirgendwo erblicken.«

»Schau genau hin«, sagte ich. »Siehst du die Männer dort?«

Ich wies auf zwei meiner Männer, die gerade dabei waren, mit einem dünnen ledernen Faden ein großes Gebiet zu umspannen. Ein Gebiet, das genug Platz für eine große Stadt bot. Jarbas' Mund klappte auf und zu. Doch es kamen keine Worte heraus.

»Den Faden, mit dem sie das Gebiet umspannen, haben wir aus der Kuhhaut geschnitten, die du mir gestern gegeben hast.« Ich machte eine Pause, damit Jarbas begreifen konnte, was gerade geschah. Dann fuhr ich fort: »Ich danke dir herzlich. Für deine Großzügigkeit und für deine Gastfreundschaft. Und für das riesige Stück Land, das du uns schenkst. Auf gute Nachbarschaft!«

König Jarbas konnte seinen Ärger kaum verbergen und zog wortlos davon.

So hatten wir Flüchtlinge endlich eine neue Heimat gefunden. Wir gründeten eine Stadt und nannten sie Karthago. Ich wurde die Königin dieser Stadt, die bald reich und mächtig wurde und friedlich mit ihren Nachbarn zusammenlebte, auch mit den Gaetulern und ihrem König.

Er fand sich irgendwann mit uns ab, auch wenn es einige Zeit brauchte, bis er die Schmach verwunden hatte. Eines Tages stattete er mir einen Besuch ab und bat zerknirscht um Entschuldigung für seine Gemeinheit mit der Kuhhaut. »Vergeben und vergessen«, sagte ich gnädig. »Wir machen alle mal einen Fehler. Aber du solltest dir beim nächsten Mal besser vorher überlegen, mit wem du dich anlegst.«

Später machte mir Jarbas sogar einen Heiratsantrag! Aber den habe ich dankend zurückgewiesen. Ich habe nämlich festgestellt, dass es sich ohne einen Mann an meiner Seite ganz gut regieren lässt. Ich kann mir beim besten Willen nicht vorstellen, dass mir noch einmal ein Mann begegnen sollte, der mich von dem Gegenteil überzeugt.

Wobei mir ein Bote gerade meldet, dass Flüchtlinge aus Troja an unserer Küste gelandet sind. Ihr Anführer, ein gewisser Aineias, bittet um Aufnahme in meiner Stadt und würde gerne mit mir sprechen. Ich werde den Mann in den Palast bitten und ihn mir genauer ansehen. Was er wohl zu erzählen hat?

DIONYSOS
Roarr!
Panther- und Tigerfelle halten mich warm!
Wein trinke ich am Liebsten
Wein- und Efeuranken sind mein Schmuck
Dieses Gefäß heißt Kantharos
und dieser Stab heißt Thyrsos
Ich habe immer Trauben bei mir ...mmhh, Lecker!
DER
PARTYKÖNIG

DAS BIN ICH

DIONYSOS

Die Römer sagen „BACCHUS" zu mir

☐ Sterblich

☒ unsterblich

ZU MEINER FAMILIE GEHÖREN

Mein Vater ZEUS und meine Mutter Semele, eine Sterbliche. Ich bin damit der einzige unsterbliche Gott mit einer menschlichen Mutter. Darum mag ich die Menschen mehr als die anderen Götter. Und darum habe ich später auch eine Sterbliche geheiratet: Ariadne, die Tochter des Königs Minos von Kreta. Doch als sie in das Totenreich einziehen sollte, habe ich sie unsterblich gemacht (ich habe sie doch so gern!), sodass sie ewig an meiner Seite bleiben kann.

MEINE HEIMAT IST

die GANZE Welt. Auf dem OLYMP halte ich mich nicht gerne auf, dort ist es mir zu langweilig (außerdem wächst dort kein Wein). Ich ziehe viel lieber mit meinem Gefolge umher und feiere überall rauschende Feste.

DAS KANN ICH BESONDERS GUT

Gute Laune verbreiten, "tanzen", singen und "feiern", mit meinen Leuten durch die Gegend ziehen und ganz, ganz viel Wein trinken.

DAS MAG ICH GANZ UND GAR NICHT

Wenn mein Becher leer und weit und breit kein Schluck Wein mehr zu finden ist. Aber das kommt eigentlich NIE vor. Und wenn doch, dann kann ich das schnell ändern.

Dies ist meine Geschichte

Kannst du dir eine Welt ohne gute Laune und – vor allem – ohne Wein vorstellen? Geht gar nicht, oder? Geht absolut gar nicht! Wie schön ist es, einen Becher in den Händen zu halten, in fröhlicher Runde daraus zu schlürfen, nach und nach beduselt zu werden und dabei lachend, tanzend und singend tage- und nächtelang zu feiern! Okay, manchmal brummt mir am nächsten Tag ganz schön der Schädel. Aber das geht vorbei. Und wer hat den Wein erfunden? Natürlich ich. Das kam so:

Als ich noch ein ganz junger Gott war, beinahe noch ein Kind, wusste kein einziger Mensch, welch köstliches Getränk man aus Weintrauben machen konnte. Unvorstellbar, oder? Das muss eine trübselige, eine freudlose Welt gewesen sein. Wie gut, dass ich geboren wurde und diesen trostlosen Zustand beendet habe! Ich streifte eines Tages durch die schöne Natur, da sah ich am Wegesrand einen wilden Weinstock wachsen. Es war ein Tag im Herbst, die ersten Blätter hatten sich schon verfärbt, und an diesem Weinstock hingen dicke, saftige, dunkelblaue Trauben. Ich pflückte mir ein paar von ihnen, roch daran und steckte sie mir in den Mund. Sie schmeckten so lecker, dass ich den ganzen Weinstock leer naschte. Was für eine herrliche Frucht! Ich konnte nicht verstehen, wieso die Menschen sie nicht längst anbauten.

In der nächsten Zeit naschte ich von jedem Weinstock, den ich fand. Und schon bald fing ich an, mit den Trauben herumzuexperimentieren. Ich kochte sie, zerrieb sie zwischen den Handflächen, zerstampfte sie mit den Füßen, ließ ihren Saft in Holzfässern gären, bis ich irgendwann den allerköstlichsten Rebensaft herstellen konnte, von dem ich einfach nicht genug bekam. Er macht mich so fröhlich, so ausgelassen, so entspannt und so sorglos. Das erzählte ich allen Menschen, denen ich begegnete, und lehrte sie die Kunst des Weinbaus. Es gibt wohl kaum ein besseres Geschenk, das wir Götter den Menschen gemacht haben.

Weil ich immer so fröhlich bin und schon als Junge gut gelaunt von einem Ort zum anderen wanderte, fand ich schnell viele Anhänger, die mit mir durch die Lande zogen. Mein Gefolge ist ein ziemlich wilder Haufen, das kann ich dir sagen. Da sind einmal die Satyrn, die lustigen Kerlchen. Sie sehen etwas merkwürdig aus, das muss ich zugeben: Sie haben einen Schweif wie ein Esel, spitze Ohren, eine Stupsnase und einen Vollbart. Meist spielen sie auf einer Flöte oder einer Handtrommel. Oder sie rennen einer Mainade hinterher. So nennt man die Frauen aus meinem Gefolge. Die sind genauso gut gelaunt wie die Satyrn, machen Musik, singen und tanzen oder schwingen einfach nur den Thyrsosstab, mein Erkennungszeichen. Dann sind da noch die Nymphen, göttliche Naturwesen, die sich uns auch immer wieder anschließen, weil es bei uns nur gute Laune gibt. Und schließlich der gute Silenos, mein lieber Lehrer, ein alter Satyr, der den Wein nicht mehr so gut verträgt und darum ständig betrunken ist. Deshalb geht er auch hin und wieder mal verloren. Aber bisher haben wir ihn immer wiedergefunden.

Ja, das viele Weintrinken kann manchmal auch schiefgehen. Mir selbst ist das auch einmal passiert, muss ich zugeben. Ich geriet dadurch in eine brenzlige Situation:

Eines schönen Tages wachte ich früh auf. Früh heißt bei mir immer: irgendwann zur Mittagszeit. Wir feiern ja jede Nacht durch und müssen darum am Vormittag schlafen. Mein Gefolge schlief noch unter einigen Schatten spendenden Olivenbäumen. Ich erhob mich und spazierte zu einem Küstenstreifen hinunter, der nicht weit entfernt lag. Es war ein einsamer Strand, das Meer glitzerte in der Mittagssonne. Ich streifte ein wenig umher, sammelte ein paar Muscheln, aber weil ich am Abend zuvor mal wieder reichlich Wein getrunken hatte, legte ich mich bald in den Sand und schlief dort ein. Das muss ein göttlich tiefer Schlaf gewesen sein. Als ich erwachte, fand ich mich auf einem Schiff wieder. Ich sah gleich, dass die Seeleute, etwa zwanzig Männer, ziemlich finstere Gesellen waren. Offenbar hatten sie mich am Strand aufgelesen und an Bord geschleppt. Ich lag auf den Planken neben dem Schiffsmast, meine Hände hatten mir die Kerle auf dem Rücken gefesselt. Sie stritten sich.

»Einen hilflosen Jungen entführen?«, rief der Steuermann. Später erfuhr ich, dass er Akoites hieß. »Das ist ein ganz großes Verbrechen. Außerdem glaube ich nicht, dass das ein einfacher Junge ist. Schaut ihn euch an, sein Gesicht, seine ganze Gestalt – das könnte ein Gott sein!«

»Welcher Gott soll das sein?«, rief ein anderer Mann. »Das ist ein Kind, nichts weiter. Wir werden es auf dem nächsten Sklavenmarkt für gutes Geld verkaufen. Daran wirst du uns nicht hindern.«

»Da mache ich nicht mit«, hielt Akoites dagegen. »Das geht zu weit. Das darf man keinem Kind antun. Und erst recht nicht einem Gott!«

»Halt deine Klappe, Akoites! Bring uns zum nächsten Hafen, damit wir den Jungen dort verkaufen können!«

Akoites wollte etwas erwidern, doch die anderen Kerle lachten schäbig und machten ihre Witze über ihn.

»Das werdet ihr bereuen!«, rief er laut. »Das werden wir alle bitterlich bereuen!«

Wir waren schon auf offener See. Weit und breit war kein Land zu sehen. Es wurde Zeit zu handeln. Ich beschloss, den Männern eine Lektion zu erteilen, die sie nie vergessen würden. Götter entführt man nicht. Und auf einem Sklavenmarkt lassen wir uns erst recht nicht verkaufen.

Ich zerriss meine Fesseln und erhob mich mühsam. Der Wein, den ich am Abend zuvor getrunken hatte, machte mir immer noch zu schaffen.

»Wer hat den Jungen gefesselt?«, brüllte einer der Männer. »Er hat sich einfach so …«

Er hielt inne und starrte mich an. Auch die anderen rissen ihre Augen auf. Ich bemühte mich, besonders göttlich auszusehen.

»Seht ihr! Ich habe es doch gesagt!«, rief Akoites. »Das ist ein Gott!«

»Warum fährt das Schiff nicht mehr?«, fragte ein anderer.

»Der Wind hat sich gelegt. Urplötzlich. Hier geht etwas nicht mit rechten Dingen zu.«

Oh doch! Hier ging alles mit rechten Dingen zu. Mit göttlichen Dingen. Ich hatte dem Wind befohlen, sich zu legen. Einige der Kerle sprangen an die Riemen und ruderten mit allen Kräften, aber das Schiff bewegte sich nicht von der Stelle. Die anderen starrten mich unentwegt an. Niemand wagte es, sich mir zu nähern.

Ich hob die Arme und im nächsten Moment breiteten sich Weinranken über die Riemen, die Planken und den Mast aus. In wenigen Augenblicken war das ganze Schiff mit Weinlaub eingehüllt. Aber das reichte mir nicht. Ich schnippte mit den Fingern, schon spazierten Panther, Luchse und ein gewaltiger Tiger über das Deck und beschnupperten die entsetzten Männer. Die schrien laut auf. In ihrer Panik sprangen sie über Bord, doch noch bevor sie das Wasser berührten, verwandelte ich sie in Delfine. Nur den Steuermann Akoites habe ich verschont, er hatte sich ja für mich eingesetzt. Ich versetzte ihn auf die Insel Naxos, dort wurde er Priester in einem meiner Tempel.

Ich selbst habe mich nach diesen Verwandlungen auf das Weinlaub gelegt und das Schiff zurück an Land treiben lassen. Meine Gefährten, Silenos, die Satyrn, Nymphen und Mainaden waren schon unruhig geworden. Sie hatten mich vermisst. Und sie hatten nichts mehr zu trinken. Doch dieses Problem konnte ich im Handumdrehen lösen. Schon standen einige Amphoren voll mit köstlichem Rebensaft vor uns, an dem wir uns dann nach Kräften bedienten und ein fröhliches Fest feierten. Einen Tag ohne Wein und ohne gute Laune kann ich mir einfach nicht vorstellen. Du etwa?

EUROPE
Jung bin ich auch!
Tiere habe ich total gern!
Ich bin ziemlich hübsch
Auf Blumen-wiesen Ball spielen finde ich super!!
Auf Stieren reite ich sogar übers Meer
DIE ENTFÜHRTE PRINZESSIN

DAS BIN ICH

EUROPE

Der Kontinent wurde nach **Mir** benannt – und mit „a" geschrieben!

☒ Sterblich

☐ unsterblich

ZU MEINER FAMILIE GEHÖREN

meine **3** Söhne **Minos**, Radamanthys und Sarpedon,

auf die ich sehr stolz bin. Meine Eltern heißen **Agenor** und **Argiope**, sie sind der König und die Königin von Phönizien. Aber ich habe sie schon lange nicht mehr gesehen. Genauso wenig wie den Vater meiner Söhne.

MEINE HEIMAT IST

Phönizien, am östlichen Ufer des Mittelmeeres. Dort, in der Stadt **Tyros,** wuchs ich als wohlbehütete Prinzessin am Hof meines Vaters auf.

DAS KANN ICH BESONDERS GUT

Durch das **Meer** reiten auf dem Rücken eines Stiers. Wahrscheinlich bin ich der einzige Mensch, der das jemals gemacht hat. Aber das ist eine ziemlich nasse und „schaukige" Angelegenheit, bei der man schnell seekrank wird.

DAS MAG ICH GANZ UND GAR NICHT

Entführt werden. Aber das ist mir **zum Glück** nur einmal passiert.

Dies ist meine Geschichte

Möchtest du wissen, warum ein ganzer Kontinent nach mir benannt wurde? Dann lies weiter! Es gab da diese schöne Blumenwiese vor den Toren meiner Heimatstadt Tyros. Wenn ich geahnt hätte, wie sie mein Schicksal bestimmen sollte, hätte ich wohl einen großen Bogen um sie gemacht. Meine Freundinnen und ich spielten in diesem Sommer jeden Tag auf dieser Wiese. Das Wetter war fantastisch, wir hatten alle Zeit der Welt. Die Wiese lag fernab der Straße und der Stadt, nur wenige Schritte vom Meer entfernt. Wir pflückten Blumen, flochten Kränze, legten uns ins Gras, kicherten und alberten herum und ließen uns die Sonne ins Gesicht scheinen. Dabei wurden wir beobachtet, schon seit Tagen. Aber das erfuhr ich erst später.

Zeus, der gewaltige Götterkönig, war auf uns aufmerksam geworden. Vom Olymp aus. Das ist ziemlich weit weg von Tyros. Aber Zeus kann auch ziemlich weit gucken. Seine Frau Hera war gerade nicht zu Hause. So hatte er Zeit, sich ein wenig auf der Welt umzusehen, vor allem nach jungen Frauen, und da fiel sein Blick auf mich und meine Gefährtinnen. Er düste sofort los in Richtung Phönizien. Allerdings nicht allein. Er nahm Hermes mit, seinen treuen Boten, weil er wohl ahnte, dass er dieses Mal Hilfe brauchen könnte.

Meine Freundinnen und ich spielten vergnügt auf der Wiese. Wir konnten doch nicht wissen, dass auf einem Berg ganz in der Nähe zwei mächtige Götter saßen und etwas ausheckten. Hermes hat mir später von diesem Gespräch erzählt.

»Die junge Frau dort«, sprach Zeus zu Hermes, »die mit dem weißen Kleid …«

»Das ist die Prinzessin Europe«, sagte Hermes. »König Agenors Tochter.«

Zeus hob seine rechte Augenbraue. »Eine Prinzessin? Umso besser. Ich würde sie gerne einmal …«

»Näher kennenlernen?«

»Ja, genau. Kennenlernen. Was meinst du, soll ich einfach hinunter gehen und …«

»Auf keinen Fall!«, rief Hermes. »Du würdest sie erschrecken mit deiner göttlichen Herrlichkeit. Die Mädchen würden kreischend auseinanderlaufen.«

»Also verkleiden?«

»Ja, verkleiden ist gut. Besser noch verwandeln.«

»Wieder in ein Tier? Wie damals bei Leda?«

»Du meinst, als du dich in einen Schwan verwandelt hast? Nee, würde ich nicht machen. Nicht zweimal der gleiche Trick. Könnte sich inzwischen herumgesprochen haben unter den Sterblichen.«

Zeus nickte. »Du hast recht. Also auch kein goldener Regen wie bei Danaë?«

»Besser nicht.«

»Ein Löwe?«

»Du willst ihnen doch keine Angst machen!«

Zeus runzelte die Stirn und kratzte sich seinen Bart.

»Vielleicht ein Stier«, sagte Hermes. »Schau, dort neben der Wiese ist eine Weide, auf der einige Kühe grasen. Verwandle dich in einen Stier, misch dich unter die Kühe und näher dich vorsichtig der Wiese, auf der die Mädchen spielen.«

»Meinst du nicht, dass sie auch vor einem Stier Angst haben? Ich könnte mich doch in ein Kaninchen verwandeln. Oder in ein Pony. Alle Mädchen finden Ponys und Kaninchen süß.«

»Das ist unter deiner Würde, Vater. Du würdest zum Gespött aller Menschen werden. Und auch von den Göttern würde dich keiner mehr ernst nehmen. Ein Pony geht gar nicht, ein Kaninchen erst recht nicht. Ein Stier ist okay. Aber es sollte ein prächtiger Stier sein, am besten ein weißer.«

»Gute Idee. Aber ich darf nicht bedrohlich wirken. Ich werde ganz lieb gucken und ganz leise muhen.«

Hermes grinste. »Also dann, worauf wartest du? Ich werde die Kuhherde noch ein wenig an die Wiese herantreiben.«

Damals bekam ich von diesem Gespräch natürlich nichts mit. Wir dachten uns nichts dabei, als die Kühe sich unserer Wiese näherten. Hermes sahen wir nicht, er hatte sich unsichtbar gemacht. Doch irgendwann fiel uns der große weiße Stier auf, der zwischen den Kühen umherspazierte wie ein stolzer Pfau zwischen seinen Hennen.

»Guckt mal da«, rief eine meiner Freundinnen. »So ein schönes Tier!«

Der Stier verließ die Herde und kam langsam auf uns zu. Wir wichen ein paar Schritte zurück, hatten aber keine Angst, weil er so zutraulich aussah. Immer wieder blieb er stehen, zupfte ein paar Grashalme aus, kaute schmatzend darauf herum und ging dann weiter in unsere Richtung.

»Diese süßen Hörnchen«, rief eine andere Freundin. »Schaut sie euch an! Die sehen fast golden aus.«

Tatsächlich hatte der weiße Stier keine kräftigen Hörner, wie man es bei einem Tier solcher Größe erwarten würde, sondern ganz kleine, leicht gekrümmte, die wirklich so aussahen, als seien sie aus echtem Gold.

Er stand jetzt direkt vor uns, kaute auf den Grashalmen herum und zwinkerte mir mit seinen großen Augen zu. Ja, er hat mir wirklich zugezwinkert! Zwei- oder dreimal. Ich wusste nicht, wie mir geschah. Ein seltsames Tier, dachte ich. Ich bückte mich, pflückte ein paar Blumen und hielt sie ihm vor die Schnauze. Er schnupperte daran und zog sie mit seiner rauen Zunge in sein Maul. Fast schien es mir, als würde er grinsen. Das konnte doch nicht wahr sein!

Eine meiner Freundinnen nahm einen Blumenkranz, den sie geflochten hatte, und legte ihn dem Stier um die Hörner.

»Wie niedlich!«, rief sie, als sie sich den blumengeschmückten Stier anschaute. Die anderen kicherten. Der Stier tänzelte auf seinen vier Beinen, als würde er sich über den Blumenschmuck tatsächlich freuen. Was ging hier vor? Ich spürte, dass etwas nicht mit rechten Dingen zuging. So benimmt sich doch kein ausgewachsener Stier! Aber ich ahnte damals natürlich nicht, wer da wirklich vor uns stand und welches Spiel er mit uns trieb.

»Auf dem kann man bestimmt reiten«, sagte eine meiner Freundinnen. »Schaut euch seinen kräftigen Rücken an. Willst du es nicht einmal versuchen, Europe?«

Ich zögerte. Warum sollte ich mich auf diesen Stier setzen? Meine Freundinnen redeten mir zu.

»Er ist total zahm. Das wird ein Riesenspaß. Du musst keine Angst haben.«

Es dauerte nicht lange, da hatten sie mich überredet. Sie halfen mir, auf den Rücken des großen Tiers zu klettern. War gar nicht so einfach, so ganz ohne Sattel und Zaumzeug. Doch irgendwann saß ich oben – und fühlte mich großartig. Eine wohlige Wärme durchströmte mich. Langsam, ganz langsam setzte sich der Stier in Bewegung. Ich dachte mir nichts dabei. Klar, warum auch? Ein wenig über die Blumenwiese spazieren, was sollte schon dabei sein? Er blieb stehen, ging ein paar Schritte weiter, blieb wieder stehen und setzte sich wieder in Bewegung. Meine Freundinnen klatschten und freuten sich mit mir. Allmählich beschleunigte der Stier seine Schritte. Ich achtete gar nicht darauf, welche Richtung er einschlug, so sehr freute ich mich über meinen kleinen Ausritt. Meine Freundinnen folgten uns. Doch schon bald kamen sie kaum noch mit. Der Stier war beinahe unmerklich schneller geworden, fing schon an zu traben. Ich wurde immer noch nicht misstrauisch, auch nicht, als er seine Füße auf den Strand setzte, der unmittelbar neben der Wiese lag. Ein Ausritt über einen weißen Sandstrand – was kann es Herrlicheres geben, dachte ich mir damals. Doch der Stier hielt aufs Wasser zu, direkt auf das Meer.

»Wo willst du hin?«, fragte ich, halb im Spaß, halb besorgt. »Willst du etwa baden?«

Natürlich antwortete er nicht. Er beschleunigte noch einmal, fing plötzlich an zu galoppieren. Ja, Stiere können galoppieren, das habe ich damals gelernt am Strand von Phönizien.

Da hörte ich meine Freundinnen ängstlich rufen: »Spring ab, Europe! Das dumme Vieh rennt ins Wasser!«

Doch da war es schon zu spät. Mit einem riesigen Satz sprang der weiße Stier in die schäumende Flut und begann zu schwimmen. Ich wusste gar nicht, wie mir geschah, krallte mich panisch in dem weißen Fell fest, um nicht das Gleichgewicht zu verlieren. Jetzt war es zu spät zum Abspringen, ich konnte doch nicht schwimmen. Immer weiter paddelte der Stier hinaus. Wenn ich mich umschaute, konnte ich meine Freundinnen bald nur noch als kleine Punkte erkennen, kleine Punkte, die winkten und aufgeregt am Strand hin und her liefen.

Was sollte ich tun? Ich konnte gar nichts tun, nur mich festhalten und zu den Göttern beten. Dass ich selbst auf dem König der Götter saß, wusste ich ja nicht. Ich dachte die ganze Zeit nur: Wo will der Stier bloß hin? Und warum kann er so gut schwimmen?

Zwei Tage und zwei Nächte lang waren wir unterwegs. Von Phönizien bis nach Kreta sind es viele Hundert Meilen. Der Stier paddelte mit großer Kraft durch die salzigen Wogen und machte keine Pause. Am Morgen des dritten Tages sah ich endlich Land. Ich war völlig erschöpft, hatte nicht geschlafen, konnte mich kaum noch halten. Mir war furchtbar übel geworden von dem ganzen Geschaukel. Der Stier schwamm auf einen menschenleeren Strand zu, verließ das Wasser und stampfte mit großen Schritten an Land. Dort rutschte ich von seinem Rücken, fiel in den warmen Sand und schlief sofort ein.

Nach vielen, vielen Stunden wachte ich auf. Ich lag in den Armen des Götterkönigs, der sich wieder zurückverwandelt hatte.

Anfangs besuchte er mich regelmäßig auf Kreta. So hieß die Insel, zu der er mich gebracht hatte. Drei Söhne habe ich von ihm bekommen, wirklich prächtige Jungs. Der älteste von ihnen, er heißt Minos, wurde später ein mächtiger König. Das hatte Zeus mir versprochen. Und noch etwas anderes hat er mir versprochen: Der Erdteil, auf den er mich entführte, sollte meinen Namen bekommen. Sozusagen als Entschädigung für meine Entführung. Und er hat mir gesagt, dass er diesen Namen auch in zwei- oder dreitausend Jahren noch tragen wird. Wenn Zeus etwas verspricht, dann hält er es auch. Da bin ich mir ganz sicher.

HELENE
Ich bin die ALLERSCHÖNSTE
... nur Aphrodite ist ein KLITZEKLEINES bisschen schöner
Ich verdrehe ALLEN Männern den Kopf!
Meinetwegen gab es mal KRIEG
Als Baby bin ich aus einem Ei geschlüpft, wie ein Huhn!
TOTAL peinlich!!
DAS TOPMODEL DER ANTIKE

DAS BIN ICH

HELENE

Die Römer nennen mich: HELENA

☒ Sterblich

☐ unsterblich

ZU MEINER FAMILIE GEHÖREN

meine Mutter **Leda** und ihr Mann **Tyndareos**, meine Brüder Kastor und Polydeukes, meine Schwester Klytaimnestra, mein Ehemann **Menelaos** und meine Tochter Hermione. Mein leiblicher Vater ist ZEUS, aber der lässt sich bei **Familienfeiern** eigentlich **nie** blicken.

MEINE HEIMAT IST

Sparta, die Hauptstadt von Lakedaimon auf der Peloponnes. Dort herrschen mein Mann Menelaos und ich als **König** und **Königin**. Allerdings war zehn Jahre lang die Stadt Troja mein Zuhause.

DAS KANN ICH BESONDERS GUT

Anderen Männern den **Kopf** verdrehen. Ich bin nun mal die Schönste Frau der Welt. Und wer **mich** anguckt, tja, um den ist es geschehen. Das kann ich **GAR NICHT** verhindern.

DAS MAG ICH GANZ UND GAR NICHT

KRIEG. Das ist eine scheußliche Sache, das habe ich selbst erlebt. Er bringt **nichts** Gutes, sondern nur **TOD**, *Leid* und **ELEND**.

HELENE

Dies ist meine Geschichte

Ich bin aus einem Ei geschlüpft. Komisch, nicht wahr? Das kam so: Der Göttervater Zeus war mal wieder auf der Suche nach einer schönen Sterblichen, um sie näher kennenzulernen, wie er zu sagen pflegt. Da fiel sein göttlicher Blick auf meine Mutter Leda, die Königin von Sparta und Ehefrau des Königs Tyndareos. Als dieser einige Tage nicht zu Hause war, nutzte Zeus die Gelegenheit. Er wusste, dass meine Mama Tiere gerne mag. Also verwandelt er sich in einen prächtigen weißen Schwan, fliegt in den königlichen Palast, trifft meine Mutter im Garten und … Na ja, was soll ich sagen? Er lernte sie näher kennen. Neun Monate später legte meine Mutter zwei Eier. Aus dem einen schlüpften meine Brüder Kastor und Polydeukes, aus dem anderen meine Schwester Klytaimnestra und ich. Ihrem Mann Tyndareos hat meine Mutter von der ganzen Sache natürlich nichts erzählt. War ihr doch ziemlich unangenehm, das mit dem Schwan und den Eiern. Sie hat die Schalen von einer treuen Amme schnell in den Hühnerstall bringen lassen und ihrem Mann stolz die Kinder gezeigt. Tyndareos war überglücklich über die vier Babys: Vierlinge, alle gesund und munter, so etwas gibt es nur ganz selten. Dass keines der Babys ihm ähnlich sah, fiel ihm gar nicht auf. Er dankte Zeus mit einem großen Opfer für die Kinder. Dass er sich zu Recht bei Zeus bedankte, konnte er ja nicht wissen.

Wir vier wuchsen heran, von unseren Eltern behütet und umsorgt. Ich merkte bald, dass ich anders war als die anderen Mädchen in Sparta. Besonders dann, wenn ich in den Spiegel schaute. Wow, dachte ich dann jedes Mal, das Spiegelbild sieht ja so richtig gut aus. Das fanden auch sämtliche Jungs in Sparta. Wenn ich durch die

Straßen spazierte, glotzten und pfiffen sie mir hinterher. Mir gefiel das. Meinen Eltern leider nicht. Sie ließen mich bald kaum mehr aus dem Palast. Die mutigsten Jungs schickten mir darum Liebesbriefe, die meisten ohne Absender. Oder sie warfen Kuscheltiere über die Palastmauer. Daran hingen kleine Zettel mit vielen roten Herzchen und lieben Worten.

Ab und zu konnte ich ein Kuscheltier auffangen, die meisten wurden allerdings von Sklaven gefunden und schnell entsorgt.

In dieser Zeit kam ich mir oft sehr nutzlos vor. Was nützt Schönheit, die niemand zu Gesicht bekommt? Mein Spiegelbild fand mich nach wie vor absolut umwerfend. Aber war das nicht eine Verschwendung, dass mich nur die Bewohner unseres Palastes bewundern konnten?

Eines Tages kam Theseus, der König von Athen, nach Sparta. Er war schon ein älterer Mann, vor Kurzem war seine Ehefrau Phaidra verstorben. Als er mich sah, bekam er rote Ohren und fing an zu stottern. Schon ein bisschen peinlich! Aber ich freute mich auch. Endlich mal wieder ein Mann, den meine Schönheit aus der Fassung brachte. Auch wenn Theseus damals schon ein ziemlich alter Knacker war. Meine Schwester und ich, wir amüsierten uns über ihn. Als Theseus mich aber am nächsten Tag aus dem Palast entführte, verging mir das Lachen, das kannst du mir glauben. Theseus und sein blöder Kumpel Peirithoos, der ihn begleitete, stürmten früh am Morgen in mein Zimmer, knebelten mich, steckten mich in einen Sack, warfen mich über die Schulter und gelangten irgendwie unentdeckt aus dem Palast. Dann schleppten sie mich nach Athen, wo sie mich in ein Haus einsperrten und Theseus' Mutter Aithra auf mich aufpassen ließen. Mit der Hochzeit wollte Theseus noch etwas warten. Ich war ja erst vierzehn. Kannst du dir vorstellen, wie mir zumute war? Ich habe pausenlos geheult. Natürlich wollte ich einen König heiraten. Oder wenigstens einen Prinzen. Was anderes kam gar nicht infrage. Aber doch nicht so! Und nicht diesen alten Theseus, der seine beste Zeit längst hinter sich hatte! Echt nicht!

Zum Glück musste ich nicht lange in Athen bleiben. Meine Brüder Kastor und Polydeukes kamen schon nach wenigen Tagen und befreiten mich. Gut, wenn man mutige Brüder mit großen Kräften hat (immerhin war Zeus ihr Vater)! Theseus hatte das Haus nicht bewachen lassen, er rechnete wohl nicht mit einer so schnellen Befreiungsaktion. Meine Brüder nahmen auch Aithra mit nach Sparta, die seitdem als Sklavin in unserem Palast lebt. Darüber soll sich Theseus mächtig geärgert haben, aber das geschieht ihm ganz recht, diesem blöden Kinderräuber.

Ein paar Jahre später, ich war gerade neunzehn geworden, hatten Tyndareos und meine Mutter genug von all den Männern und Jungs, die mir nachstellten. Sie beschlossen, mich zu verheiraten. Würde sich ein geeigneter Bewerber finden, wollten sie sogar auf ihren Thron verzichten. Mein Ehemann und ich sollten dann über Sparta herrschen. Endlich!, dachte ich, als meine Mutter mir von diesen Plänen erzählte. Jetzt musste sich nur noch ein Mann finden, der meine Schönheit auch zu würdigen wusste und der wenigstens halb so gut aussah wie ich. Dass dies nicht einfach werden würde, war klar.

Du kannst dir vielleicht vorstellen, was in Sparta los war, als sich die Nachricht herumsprach: Die schöne Helene sucht einen Ehemann. Hunderte junger Männer aus ganz Griechenland strömten in unsere Stadt, putzten sich fein heraus, brachten die kostbarsten Geschenke und standen in langen Schlangen vor den Toren des Palastes. König Tyndareos bekam Angst, dass es Ärger geben könnte, dass die Nicht-Erwählten Sparta wütend in Schutt und Asche legen würden. Er beriet sich mit dem klugen Odysseus, der auch zu den Freiern gehörte, sich aber keine großen Chancen ausrechnete, weil er erstens nicht gut aussah und zweitens keine allzu wertvollen Geschenke dabeihatte. Ich stand hinter einem Vorhang und belauschte das Gespräch der beiden in der großen Halle unseres Palastes.

»Lass sie Menelaos heiraten«, sagte Odysseus. »Er ist der Reichste von uns. Er ist nicht auf den Kopf gefallen. Und er sieht ganz passabel aus.«

Menelaos von Mykene?, dachte ich. Er war ein junger Prinz, so viel wusste ich. Etwa in meinem Alter. Aber sah er auch gut aus? Ich konnte mich in diesem Moment nicht an ihn erinnern. Es waren einfach zu viele Bewerber, die in diesen Tagen durch unseren Palast strömten.

Odysseus fuhr fort: »Außerdem hat sein Bruder Agamemnon ein Auge auf deine zweite Tochter geworfen.«

»Auf Klytaimnestra? Das ist mir neu. Aber egal, für wen ich mich entscheide, mein guter Odysseus: Was werden die anderen Bewerber dazu sagen? Ich befürchte Unheil. Helene ist einfach zu schön.«

Wie recht er hatte!

»Ich weiß«, sagte Odysseus. »Alle wollen sie haben. Ich ja genauso. Aber ich weiß auch, wie sich das Problem lösen lässt. Du lässt sie einen Eid schwören. Einen heiligen Eid auf alle Götter des Olymp.«

»Was für einen Eid?«

»Dass sie deine Entscheidung respektieren werden. Und dass sie Helenes Ehemann und sie selbst gegen alle verteidigen werden, die ihnen etwas Böses antun wollen.«

Eine gute Idee. Ein schlauer Kopf, dieser Odysseus. Allerdings war er etwas klein geraten. Und er hatte einen Bart. Ich mag keine Männer mit Bart. Sieht so ungepflegt aus, finde ich. Passt einfach nicht zu mir.

Tyndareos schwieg einen Moment. Er dachte über Odysseus' Idee nach.

»Das ist eine gute Idee«, sagte er schließlich. »So vermeiden wir sinnloses Blutvergießen. Aber wir sollten auch meine Tochter fragen, ob sie mit Menelaos einverstanden ist.«

»Wieso das denn?«, fragte Odysseus überrascht. »Sie ist doch ein Mädchen. Ein besonders hübsches, das gebe ich zu. Aber trotzdem nur ein Mädchen. Und die müssen tun, was ihre Väter sagen. Was wäre das für eine Welt, in der sich junge Frauen ihre Ehemänner selbst aussuchen? Ohne ihre Väter zu fragen? Am Ende wollen die auch noch zur Schule gehen und danach einen Beruf ausüben. Dass es so weit kommt, mögen die Götter verhüten.«

»Das werden sie sicherlich«, sagte Tyndareos. »Morgen gebe ich meine Entscheidung bekannt, dass Menelaos der Auserwählte ist. Gleich darauf lasse ich alle den heiligen Eid schwören. Und in einem Monat wird Hochzeit gefeiert.«

Hochzeit in einem Monat? Ich atmete tief durch. Jetzt wurde es tatsächlich ernst. Tyndareos und Odysseus hatten über meine Zukunft entschieden. So ist das bei uns: Die Väter suchen für ihre Töchter die Ehemänner aus. Etwas mulmig war mir trotzdem. Ich kannte diesen Menelaos doch gar nicht.

Aber er war eine gute Wahl, wie ich bald bemerkte. Er ist ein anständiger Mann, sehr wohlhabend, freundlich und nett. Natürlich sieht er nicht so gut aus wie ich, aber das geht ja auch gar nicht. Tatsächlich schworen alle abgewiesenen Bewerber einen heiligen Eid, mich und Menelaos vor Unheil zu beschützen. Wir feierten ein rauschendes Hochzeitsfest und bekamen ein Jahr später eine hübsche Tochter, die wir Hermione nannten. Tyndareos und Leda verzichteten auf ihren Thron, sodass Menelaos und ich König und Königin von Sparta wurden. Und meine Schwester heiratete kurz darauf tatsächlich Menelaos' Bruder Agamemnon, den mächtigen König von Mykene, und zog in seine Stadt.

Zehn Jahre lang war alles gut: Ich liebte meinen Mann, er liebte mich, unsere Tochter wuchs heran, in Sparta herrschte Frieden. Natürlich starrten mich die Männer immer noch an, wenn ich durch die Straßen der Stadt spazierte. Das Pfeifen allerdings verkniffen sie sich, so etwas macht man nicht bei einer Königin. Menelaos sagte mir jeden Tag, wie schön ich sei. Und ich antwortete ihm jedes Mal, dass er damit völlig recht habe.

Doch dann kam ein Bote in unsere Stadt, der mein ruhiges, beinahe schon langweiliges Leben gewaltig durcheinanderbrachte: Paris, der Prinz von Troja, wollte Sparta besuchen, um irgendwelche Dinge mit Menelaos zu besprechen. Sein Vater Priamos, der König von Troja, schickte ihn. Mit Paris' Besuch begann ein furchtbares Unglück, das so viel Leid und Elend in diese Welt bringen sollte. Doch das ahnte ich damals nicht, das konnte ich auch nicht ahnen. Die Götter hatten bei dieser Sache ihre Hände im Spiel, aber auch das konnte ich nicht ahnen.

Als Paris bei uns zu Besuch war, verliebte ich mich Hals über Kopf in ihn, ich versuchte vergeblich, mich dagegen zu wehren. Aber irgendwie fand ich es auch aufregend. Einer von Eros' goldenen Pfeilen hatte mich getroffen, aber das erfuhr ich erst viel später.

Wir verließen Sparta heimlich in der Nacht. Paris nahm mich mit auf sein Schiff und wir fuhren nach Troja. Menelaos soll fürchterlich getobt haben, als er davon erfuhr, die halbe Kücheneinrichtung soll er laut schreiend zerdeppert haben. Und dann hat er Boten zu seinem großen Bruder und zu allen Griechen geschickt, die ihm zehn Jahre zuvor den heiligen Eid geschworen hatten. Er wollte seine schöne Helene zurückhaben, koste es, was es wolle. So kam es zum großen Trojanischen Krieg, bei dem unzählige Männer ihr Leben ließen. Die Griechen griffen unter Agamemnons Führung Troja an, um mich wieder nach Hause zu bringen. Die Trojaner verteidigten natürlich ihre Stadt. War ich schuld an dem grässlichen Morden? Ja, wer denn sonst, wirst du denken. Ich hätte ja in Sparta bleiben können. Aber versuch du mal, dich nicht zu verlieben, wenn einer von den goldenen Pfeilen dich getroffen hat. Das ist unmöglich! Und irgendwie machte mich das auch ein bisschen stolz: ein richtiger Krieg – nur meinetwegen!

Ich erspare dir die grausigen Einzelheiten dieses Krieges. So viele tapfere Männer ließen ihr Leben: Hektor, der größte Held Trojas, starb im Zweikampf mit Achilleus. Achilleus starb, weil Paris mit einem Pfeil seine verwundbare Ferse durchbohrte. Paris starb, weil ihn ein vergifteter Pfeil des Philoktetes traf. Als die Griechen schließlich nach zehn Jahren voller blutiger Kämpfe die Stadt Troja stürmten, fiel auch der gute König Priamos, der wie ein zweiter Vater zu mir gewesen war.

Ich versteckte mich in einem Zimmer des großen Palastes und hielt mir die Ohren zu, weil ich den furchtbaren Lärm und die Schreie nicht ertragen konnte. Da stürmte Menelaos in das Zimmer, das gezückte Schwert drohend in der Hand. Er erblickte mich, wie ich zitternd in einer Ecke auf dem Boden kauerte, hob das Schwert, schritt auf mich zu, holte aus und – ließ das Schwert sinken.

»Jetzt kommst du aber nach Hause«, sagte er. »Da habe ich ein ernstes Wörtchen mit dir zu reden. Aber vorher muss ich noch ein paar Trojaner in den Hades schicken.« Dann stürmte er wieder aus dem Zimmer. Ich glaube, er war gekommen, um mich zu töten. Er war ja zehn Jahre lang ziemlich wütend auf mich gewesen. Aber im entscheidenden Moment konnte er meiner Schönheit einfach nicht widerstehen.

Einige Wochen später war ich wieder in Sparta. Ich freute mich besonders, meine Tochter Hermione wiederzusehen. Beinahe hätte ich sie nicht erkannt, sie war erwachsen geworden. Menelaos wollte mir eine gehörige Szene machen, das kannst du dir sicherlich vorstellen. Aber ich habe ihn einmal unschuldig angeplinkert, da war seine Wut schon verraucht. Im Angesicht meiner Schönheit werden einfach alle Männer so weich wie Wachs in der Sommersonne.

HEPHAISTOS
Schmieden ist meine Leidenschaft
Meine starken Hände knicken Eisenstangen wie Strohhalme
Ruß von meiner Schmiede
Vulkanstaub direkt vom Ätna
Mein Fuß ist lahm, darum hinke ich
DER HÄSSLICHE
HANDWERKER

DAS BIN ICH

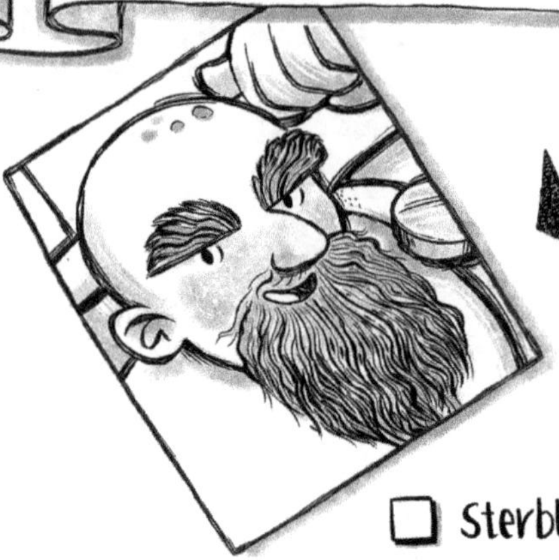

HEPHAISTOS

Bei den Römern kennt man mich als: **Vulcanus**

☐ Sterblich

☒ unsterblich

ZU MEINER FAMILIE GEHÖREN

Mein Vater **Zeus** und meine Mutter **Hera**. Die ist gleichzeitig auch meine **Tante**, das geht bei uns Göttern. Dann ist da noch meine Ehefrau **Aphrodite** aber über die möchte ich **nicht** sprechen.

MEINE HEIMAT IST

meine Schmiede unter dem **Vulkan Ätna**, dort arbeite ich mit meinen Gesellen, den **Kyklopen**, an **Wunderwerken** aus **Metall**.

Wenn ich einmal herauskomme, was selten genug geschieht, reise ich gerne auf meine **Lieblingsinsel**, die heißt Lemnos.

Auf dem **Olymp** bin ich nicht gerne. Dort wohnen ja **meine Eltern** und **meine Frau**, aber mit denen habe ich so meine **Probleme**.

DAS KANN ICH BESONDERS GUT

Hämmern, **schmieden**, werkeln und tüfteln und dabei Kunstwerke herstellen, die Götter und Menschen **staunen** lassen.

Hermes hat seine schicken Schuhe von **mir!**

DAS MAG ICH GANZ UND GAR NICHT

An der **frischen Luft** faul irgendwo herumzusitzen und nichts **zu tun** zu haben. Dann werden meine Hände ganz »**kribbelig**« und ich greife automatisch nach irgendeinem Gegenstand, an dem ich herumbasteln kann.

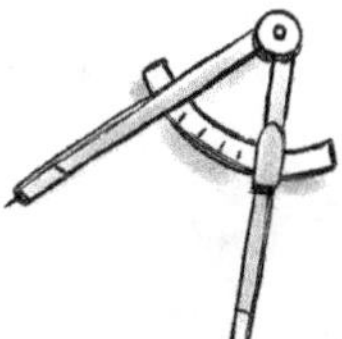

Dies ist meine Geschichte

Eigentlich müsste ich stolz sein. Wer kann schon von sich behaupten, dass seine Eltern der König und die Königin der Götter sind? Aber ehrlich gesagt bin ich ganz und gar nicht stolz. Zeus ... nun ja. Und meine Mutter Hera? Willst du wissen, was sie getan hat, nachdem sie mich geboren hatte? Sie nahm mich, schaute mich an und rief: »Boah, was ist das für ein hässliches Kind!« Und dann warf sie mich in hohem Bogen vom Olymp. Eine tolle Mutter, oder? Ich war wohl recht klein geraten für ein göttliches Baby. Und ziemlich hässlich. Außerdem war mein rechter Fuß etwas schief. Aber wirft man ein Baby dann gleich von einem riesigen Berg? Wieso ich trotzdem überlebt habe? Ich bin halt ein Gott, also unsterblich. Ich fiel und fiel und fiel und klatschte irgendwo kurz vor Lemnos ins Wasser der Ägäis. Zum Glück war die Meeresgöttin Thetis gerade in der Nähe. Sie fand das schreiende Baby, schwamm mit mir auf die Insel Lemnos und zog mich dort groß. Thetis war eine wirklich gute Stiefmutter, ich habe sie auch heute noch viel lieber als meine echte Mutter Hera. Thetis war damals noch unverheiratet, ihren Mann Peleus lernte sie erst später kennen.

Dass mein rechter Fuß etwas schief geraten war, störte sie überhaupt nicht. »Du bist etwas ganz Besonderes«, sagte sie immer wieder zu mir. »Und du hast eine einzigartige Gabe, die sonst keinem Gott geschenkt wurde.«

Thetis hatte früh bemerkt, wie geschickt ich basteln und werkeln konnte. Sie unterstützte mich dabei, besorgte mir Material und Werkzeug, richtete mir eine eigene Werkstatt auf Lemnos ein und ließ mich dort den ganzen Tag herumtüfteln. Eine herrliche Zeit war das. Bald entdeckte ich, dass es mich am meisten zur Schmiedekunst hinzog, dass ich meine Zeit am liebsten mit Gold, Silber und Bronze, mit Kupfer und Eisen, mit Blei und Zinn verbrachte. Aus Metallen konnte ich die wundersamsten Stücke fertigen, die Götter und Menschen ins Staunen versetzten. Wusstest du, dass der Sonnenwagen, mit dem Helios jeden Tag über den Himmel saust, mein Werk ist? Auch die Donnerkeile, mit denen mein Vater Zeus manchmal solch einen Lärm macht, habe ich geschmiedet, ebenso die goldenen Pfeile, mit denen Eros so viel Verwirrung stiftet, und den Bogen der Artemis. Mein Meisterwerk aber ist die Rüstung für Achilleus, um die mich Thetis später, als ich schon erwachsen war, gebeten hatte. Ihr Sohnemann brauchte nämlich eine neue. Im Krieg um Troja hatte er seine an seinen Freund Patroklos verliehen. Der junge Bursche war damit in die Schlacht gezogen und gleich am ersten Tag von Hektor erschlagen worden. Der dachte nämlich, er hätte Achilleus vor sich, er konnte unter dem Helm ja nicht erkennen, dass es Patroklos war. Die Krieger nehmen immer die Rüstungen ihrer getöteten Gegner mit, so auch Hektor. Und der gute Achilleus stand plötzlich ohne Rüstung da. Er war reichlich wütend auf Hektor, wollte sich an ihm für Patroklos' Tod rächen, doch so ganz ohne Rüstung hätte er das wohl nicht geschafft. Was macht er also? Er geht zu seiner Mama und bittet sie, ihre Beziehungen spielen zu lassen. Und das tat sie auch: Thetis kam zu mir in die Werkstatt, die hatte ich von Lemnos inzwischen unter den Ätna verlegt, und bat mich um eine neue Rüstung für ihren Sohn. Und die habe ich auch geschmiedet. Ich kann dir sagen, das war ein echtes Meisterwerk. Besonders der Schild war mir richtig gut gelungen, unzählige kleine und große Bilder hatte ich in ihn eingraviert. Einfach nur herrlich anzuschauen.

Ein anderes Werk, auf das ich sehr stolz bin, war der Thron, den ich für meine Mutter Hera gebastelt habe. Wieso für Hera, denkst du vielleicht. Diese Rabenmutter hatte dich doch vom Olymp geworfen. Ganz richtig. Und dafür wollte ich mich an ihr rächen.

Der Thron war aus purem Gold, wie es sich für die Göttermutter gehört. Ich brachte ihn auf den Olymp und stellte ihn in Heras Palast. Dann verzog ich mich schnell wieder und sauste zurück nach Lemnos. Es dauerte nicht lange, und ich konnte ihr wütendes Geschrei hören. Sie hatte sich auf den goldenen Thron gesetzt und da schnappte die Falle zu. Unsichtbare Ketten kamen aus dem Thron, legten sich um Heras Arme und Beine. Und zwar so fest, dass sie sich mit all ihrer Kraft nicht befreien konnte. Selbst Zeus, der sofort herbeigeeilt kam, mühte sich vergeblich an den unzerreißbaren Ketten. Hera saß auf ihrem goldenen Thron, konnte schimpfen und keifen, so viel sie wollte, es nützte nichts. Sie blieb gefesselt und sollte es, wenn es nach mir gegangen wäre, bis in alle Ewigkeit bleiben. Ich hatte wirklich kein Mitleid mit ihr und genoss den Anblick.

Bald schon schickte Zeus seinen Boten Hermes zu mir. Allen war klar, dass ich den Thron gebaut hatte. Mein Ruf als kunstfertigster aller Götter hatte sich inzwischen auf der ganzen Welt herumgesprochen.

»Du musst kommen«, sagte Hermes, als er meine Werkstatt betrat. Ich legte den schweren Schmiedehammer auf den Amboss. »Und sie befreien.«

»Warum sollte ich?«, fragte ich.

»Weil sie die Chefin ist. Und deine Mutter. Und weil sie verdammt schlechte Laune hat. Genau wie der Chef, dein Vater.«

»Mir doch egal«, entgegnete ich. »Du weißt, was sie mit mir gemacht hat, als ich ein Baby war.«

»Ich weiß«, Hermes nickte betreten. »Sie kann sehr aufbrausend sein.«

»Aufbrausend nennst du das? Ich nenne das gnadenlos. Und ich würde es unmenschlich nennen, wenn sie ein Mensch wäre. Nein, mein lieber Hermes. Sie soll da bleiben, wo sie ist. Dort kann sie keinen Schaden mehr anrichten.«

»Also gut«, der Götterbote zuckte resigniert die Schultern. »Ich werde es oben ausrichten.«

Schon war er in den Lüften entschwunden.

Tagelang hörte ich nichts vom Olymp. Ich dachte schon, die da oben hätten sich mit meiner Weigerung abgefunden. Aber das war naiv. So leicht lässt Zeus nicht locker. Und Hera schon gar nicht. Was sie gemacht haben? Sie haben Dionysos geschickt, diesen ewig fröhlichen Schlingel. Er saß eines Tages vor meiner Werkstatt im Schatten eines Olivenbaumes und nippte an einem Becher, sein Haupt war mit frischem Weinlaub bekränzt.

»Komm, mein Freund!«, rief er mir zu, als ich die Werkstatt kurz verließ, um neues Eisen zu holen. »Setz dich zu mir, du wirst Durst haben.«

Ich hatte tatsächlich Durst. Doch hätte ich geahnt, was Dionysos in seinem Becher hatte, ich hätte die Finger davon gelassen. Ich kannte keinen Wein, hatte bislang nur Wasser getrunken. Um es kurz zu machen: Nach zwei Bechern, die ich jeweils in einem Zug leerte, war ich sturzbetrunken, fiel der Länge nach auf den Rücken und schlief sofort ein. Dionysos pfiff auf den Fingern, seine Satyrn und Mainaden sprangen ringsherum aus den Büschen. Ein Satyr brachte einen Esel und mit vereinten Kräften hoben sie mich auf das Tier. Ich bekam von all dem nichts mit, Dionysos hat es mir später erzählt. Dann machten sie sich mit mir auf den Weg zum Olymp.

Das war eine ziemlich lange Reise, die wir zum Teil mit dem Schiff zurücklegten. Immer wenn ich aufwachte, hielt mir Dionysos einen Becher hin, ich trank – und schlief gleich wieder ein. Er hatte sich von Apollon Schlafkräuter geben lassen und mit diesen den Wein gewürzt, damit ich auch ja nicht zu mir kam. Irgendwann standen wir vor Heras Thron. Dort wachte ich langsam wieder auf.

Meine Mutter war furchtbar schlecht gelaunt. Kann man verstehen, sie saß ja schon eine ganze Zeit lang auf dem Thron und konnte sich nicht rühren. Zudem war Zeus seit ein paar Tagen nicht auf dem Olymp gesehen worden. Hera befürchtete, dass er sich irgendwo mit einer Sterblichen vergnügte – und sie konnte rein gar nichts dagegen tun!

Ich will dich nicht mit unserem langen Streitgespräch langweilen. Wir beide hatten ja einiges aufzuarbeiten. Die anderen Götter, auch Dionysos, verließen taktvoll den Saal und ließen Mutter und Sohn ungestört reden. Es dauerte Stunden. Irgendwann waren wir beide der Meinung, dass wir nun quitt waren. Jeder hatte dem anderen etwas Gemeines angetan, aber damit sollte jetzt Schluss sein. Als Entschuldigungsgeschenk bot Hera mir Aphrodite als Frau an. Die wunderschöne Liebesgöttin und der hässliche Handwerkergott – konnte das gut gehen? Konnte es nicht. Unsere Ehe scheiterte, wir haben uns bald wieder getrennt. Ich vermute fast, dass Hera damit gerechnet hatte, dass sie mich mit der schönen Aphrodite an meiner Seite vor allen Göttern blamieren wollte. Seit diesen Tagen halte ich mich von Hera fern. Auf dem Olymp lasse ich mich nur selten blicken, bin viel lieber in meiner Werkstatt. Wenn der Amboss dröhnt, wenn die Funken sprühen, dann geht es mir gut. Dann brauche ich keine Ehefrau, die mir sowieso nicht treu ist. Und keine Mutter, die mich vom Olymp wirft.

HERA
Schau: ein Diadem als Zeichen meiner Würde!
Ich bin nicht mehr blutjung, aber immer noch sehr schön!
Mein Lieblingstier, der PFAU, zieht meinen Wagen
Oft halte ich ein ZEPTER in der Hand
Ich bin eine stattliche Götterdame
ÄPFEL und Granatäpfel mag ich richtig gern!
DIE BETROGENE

DAS BIN ICH

HERA

Die Römer sagen „Juno" zu mir

☐ sterblich

☒ unsterblich

ZU MEINER FAMILIE GEHÖREN

Meine Eltern Kronos und Rhea wurden von meinem Bruder ZEUS gestürzt und in den TARTAROS verbannt. Ich habe meinen Bruder geheiratet (was ich oft **bitter** bereue) und mit ihm **vier** Kinder bekommen: den Kriegsgott **Ares**, den Schmiedegott **Hephaistos** und Eileithyia und Hebe, die Göttin der **Geburt** und die Göttin der Jugend. Neben Zeus habe ich noch zwei weitere Brüder, den Meeresgott POSEIDON und **HADES**, den Beherrscher der Unterwelt, und zwei Schwestern, die Göttinnen Hestia und Demeter.

MEINE HEIMAT IST

der Olymp, hier halte ich mich am Liebsten auf. Doch oft bin ich auch irgendwo auf der Erde unterwegs, besonders dann, wenn Frauen mich um „Hilfe" rufen. Ich bin nämlich ihre Schutzgöttin und helfe ihnen in allen Notlagen: Wenn sie Kinder bekommen oder wenn sie irgendwelche Blödmänner heiraten, die sie nicht anständig behandeln. Dann bekommen diese Kerle es mit MIR!! zu tun!

DAS KANN ICH BESONDERS GUT

An der Seite meines Bruders und Mannes über die Götter und Menschen herrschen und mich dabei besonders um die Frauen kümmern. Allerdings denke ich oft, dass das alles ohne ZEUS viiiEL leichter wäre.

DAS MAG ICH GANZ UND GAR NICHT

Wenn ZEUS seine Aufgaben vernachlässigt und sich um „andere Sachen" kümmert. Dann kann ich ganz schön wütend werden.

HERA

Dies ist meine Geschichte

Manchmal bringt mich mein Göttergatte wirklich zur Weißglut! Am schlimmsten ist es, wenn er meint, ich sei ein dummes Mäuschen, das man an der Nase herumführen kann. Aber da täuscht er sich gewaltig. Ich lasse mir doch nicht alles gefallen! Das wirst du gleich sehen.

Zeus war schon seit geraumer Zeit nicht mehr auf dem Olymp gesehen worden. Ich ahnte das Übliche und blickte auf die Erde hinab. Zuerst konnte ich nirgendwo etwas Verdächtiges erkennen. Da fiel mein Blick auf eine Wiese vor der Stadt Lerna. Am helllichten Tag hatte sich plötzlich ein dichter Nebel über diese Wiese gelegt. Es war warm, ein klarer Sommertag. Komisch, dachte ich, woher kommt der Nebel? Dort ist kein Fluss, und es gibt auch keine feuchte Erde, aus der er aufsteigen könnte. Täusche ich mich, dachte ich, oder soll ich hier getäuscht werden? Ich warf mir einen Mantel über und sauste hinunter auf diese verdächtige Wiese.

Sofort gebot ich dem Nebel zu verschwinden. Im nächsten Moment lag die blühende Wiese frei vor mir. Und wen erkannte ich da? Du ahnst es schon, natürlich meinen Göttergatten. Er hatte ein hochrotes Gesicht und grinste mich verlegen an. Neben ihm stand eine weiße Kuh, die reichlich unglücklich aussah.

Na warte, Bursche, dachte ich. So leicht legst du mich diesmal nicht rein.

»Zeus, mein Liebster«, sagte ich mit honigsüßer Stimme. »Du hier auf dieser einsamen Wiese? Was für eine schöne Kuh hast du da? Woher kommt sie? Ich sehe hier weder eine Herde noch einen Bauernhof.«

»Och«, druckste Zeus und kratzte sich nervös den Bart. »Welche Kuh meinst du?«

»Na, die da, die direkt neben dir steht.«

»Die hier?«

»Siehst du irgendwo eine andere?«

»Ach, jetzt sehe ich sie auch. Na, so eine Überraschung. Die muss aus der Erde gesprungen sein. Gerade eben war sie noch nicht hier.«

Das war so ungefähr die blödeste Ausrede, die ich je von ihm gehört hatte. Mir war natürlich sofort klar, dass mein untreuer Gatte hier gerade eine Geliebte verwandelt hatte, damit ich keinen Verdacht schöpfte. Dazu hatte auch der Nebel gedient. Du warst schon mal einfallsreicher, dachte ich. Dass die junge Schöne, die dort als Kuh vor mir stand, niemand anders war als Io, die Tochter des Flussgottes Inachos, erfuhr ich erst später.

»Aus der Erde gesprungen also«, säuselte ich. »Welch wundersames Tier. Genau so eine Kuh habe ich mir immer gewünscht. Möchtest du sie mir nicht schenken?«

Ich konnte sehen, wie es in ihm arbeitete. Meine Geliebte an meine Ehefrau zu verschenken, noch dazu in Kuhgestalt, das ist grausam, dürfte er gedacht haben. Sie aber nicht zu verschenken ist höchst verdächtig. Nach kurzer Bedenkzeit willigte Zeus ein und überließ mir die weiße Kuh.

»Du kannst sie haben«, sagte er, bevor er entschwand. »Ist ja nur eine dumme Kuh.«

Ich sah, wie dem armen Tier dicke Tränen aus den großen Augen kullerten. Du Schuft, dachte ich. Erst deine Ehefrau betrügen, dann deine Geliebte in eine Kuh verwandeln und schließlich dich selbst feige aus dem Staub machen. Ich blickte ihm wütend hinterher, als er in den Wolken verschwand.

HERA

Tja, jetzt gehörte die Kuh mir. Aber was sollte ich mit ihr anfangen? Sie in ihre menschliche Gestalt zurückverwandeln? Damit mein lieber Ehemann gleich wieder hinter ihr hersprang? Bloß nicht! Sie einfach laufen lassen? Das ging auch nicht, dann hätte Zeus sie schnell gefunden und sie zurückverwandelt, um sich wieder mit ihr zu vergnügen. Da fiel mir Argos ein, der Allesseher mit den vielen Augen. Du hast wohl noch nie von ihm gehört, oder? Argos hat hundert Augen, die rings um seinen Kopf verteilt sind. Von diesen Augen schlafen immer nur zwei zur gleichen Zeit, die anderen achtundneunzig sind wach und schauen sich um. Argos ist der perfekte Wachmann. Und er hatte gerade nichts zu tun. Darum beauftragte ich ihn mit der Bewachung der weißen Kuh. So konnte ich sicher sein, dass Zeus sich ihr nicht nähern und sie zurückverwandeln würde. Das dachte ich zumindest. Aber ich hatte meinen Ehemann unterschätzt.

Einige Zeit lang ging alles gut. Argos weidete die Kuh auf einer einsamen Wiese und ließ sie nicht aus seinen hundert Augen. Doch mein Mann bekam ein schlechtes Gewissen, rief seinen Boten Hermes und gab ihm den Auftrag, seine Geliebte von ihrem Wächter zu befreien. Ich habe mich lange gefragt, wie er das geschafft hat. Aber dann habe ich Hermes zur Rede gestellt. Der hat erst rumgedruckst, mir dann aber alles erzählt. Schließlich bin ich die Königin der Götter! Er war hinunter auf die Erde geflogen und hatte sich noch im Flug in einen Hirten verwandelt. Auf der Erde angekommen, legte er seine Flügelschuhe ab, behielt seinen Stab, besorgte sich irgendwo ein paar Ziegen und trieb sie auf die Wiese, auf der Argos die weiße Kuh bewachte. Der Hundertäugige saß im Schatten eines Olivenbaumes, als Hermes sich ihm in Hirtengestalt näherte und dabei ein liebliches Lied auf einer Panflöte spielte.

»Setz dich zu mir!«, rief der arglose Argos. »Hier ist ein schattiges Plätzchen. Lass deine Ziegen auf der Wiese weiden. Wir beide können uns mit lustigen Geschichten die Zeit vertreiben.«

»Nichts lieber als das«, sagte Hermes mit gespielter Freundlichkeit. Der arme Argos konnte ja nicht ahnen, dass er mit dieser Einladung sein eigenes Schicksal besiegelte.

Hermes ist ein großartiger Geschichtenerzähler. Und ein noch besserer Flötenspieler. Der Tag schlich dahin. Hermes erzählte eine Geschichte nach der anderen, auch die, wie Pan erst vor Kurzem die Flöte, auf der Hermes an diesem Tag spielte, erfunden und aus Schilfrohr zusammengebaut hatte. Die Geschichten waren schön, aber unglaublich einschläfernd. Argos wurde müder und müder. Die Flötenmusik tat ihr Übriges. Weißt du, wie eine Panflöte klingt? Es gibt wahrlich Peppigeres. Nach und nach senkte sich der Schlaf auf Argos' Augen, eines nach dem anderen fiel zu. Als nur noch wenige offen waren, setzte Hermes ein letztes Mal die Flöte an seinen Mund, spielte ein Schlaflied, eines, in dem ganz viele Schäfchen vorkamen, und da schlossen sich die letzten Augen meines treuen Wächters. Im nächsten Moment holte Hermes seinen Stab hervor, der ja Zauberkräfte hat, und strich mit ihm über Argos' geschlossene Lider. Da fiel der Hundertäugige auf die Seite, er hatte bisher am Stamm des Olivenbaumes gelehnt, und schlief einen friedlichen Schlaf, aus dem er nie mehr erwachen sollte. Hermes zückte nämlich sein Schwert, das er unter seiner Kleidung versteckt hatte, und schlug meinem treuen Wächter mit einem einzigen Hieb den Kopf ab. Gut nur, dass Argos davon nichts mitbekam. Er dürfte sich aber ziemlich gewundert haben, als er plötzlich als Schatten in der Unterwelt stand und am Ufer des Acheron darauf wartete, dass der Fährmann ihn über den Fluss setzte.

HERA

Als Hermes wieder auf den Olymp kam und mich verlegen anlächelte, ahnte ich nichts Gutes. Ich stellte ihn gleich zur Rede. Er gab sofort alles zu und bat mich um Verzeihung. Er hatte schließlich keine Wahl gehabt. Einen Auftrag von Zeus konnte er nicht ablehnen. Ich ließ ihn wütend stehen und schaute auf die Wiese hinunter. Die weiße Kuh hatte sich inzwischen aus dem Staub gemacht. Unter dem Olivenbaum lag der tote Argos. Ich hatte Mitleid mit dem armen Kerl, doch ich konnte nichts mehr für ihn tun. Aber wenigstens eine letzte Ehre wollte ich ihm noch erweisen, ihm ein ewiges Andenken bereiten: Ich nahm seine hundert Augen und setzte sie an die Schwanzfedern meines Lieblingsvogels. Das ist der Pfau, der ist genauso stolz wie ich. Dir ist bestimmt schon einmal aufgefallen, dass sich auf seinen Schwanzfedern viele, viele Augen befinden. Jetzt weißt du, woher sie kommen. Sie sollen bis in alle Ewigkeit an meinen treuen Wächter Argos erinnern, der von Hermes so heimtückisch ermordet wurde.

Als ich darüber nachdachte, packte mich die heiße Wut. Mein Herz pochte wie wild, die Zornesröte stieg mir ins Gesicht. Du dumme Kuh, dachte ich. Das sollst du bezahlen! Ich rief eine Furie herbei, eines dieser grässlichen Wesen aus der Unterwelt, und hetzte sie auf das Tier. Die weiße Kuh rannte über den halben Erdkreis, fand nirgendwo Ruhe, wurde immer wieder von der bösen Furie aufgeschreckt und weitergejagt. Wieso hast du das getan?, fragst du dich vielleicht. Ich war einfach so wütend, so gekränkt in meinem Stolz als Königin der Götter! Und an Zeus konnte ich meine Wut ja nicht auslassen. Er ist nun mal der Chef und hat obendrein diese Blitze, die sogar uns Göttern Angst machen. Also ließ ich meine Wut an dieser Kuh aus. Im Nachhinein bedauere ich das. Aber wir Götter haben auch unsere Schwächen, vielleicht kannst du das verstehen.

Die weiße Kuh rannte jedenfalls, von der Furie getrieben, über die Felder der Welt. Doch irgendwann war mein Zorn verraucht. Das arme Ding war doch nur eine unschuldige junge Frau, die sich mein Göttergatte für einen Seitensprung ausgesucht hatte. Und ich bin doch die Schutzgöttin aller Mädchen und Frauen! Ich befahl der Furie, Io in Ruhe zu lassen und sich wieder in die Unterwelt zu verziehen. Io war inzwischen bis nach Ägypten gelaufen, das Land am Nil. An diesem großen Fluss kniete sie erschöpft nieder, streckte ihren Kuhkopf nach oben und flehte um Hilfe. Jetzt reichte es aber, dachte ich. Jetzt war wirklich Zeus an der Reihe. Ich eilte zu ihm in seinen Palast.

»Schau doch, wie furchtbar sich dieses Mädchen fühlt!«, fauchte ich und zeigte auf Ägypten.

»Welches Mädchen?«, murmelte Zeus. »Ich sehe da nur eine Kuh.«

»Hör auf, mich für dumm zu verkaufen!«, rief ich. »Hilf ihr endlich! Und entschädige sie für das, was du ihr angetan hast!«

»Ich habe ihr gar nichts angetan«, sagte Zeus. »Die Furie hast du doch geschickt.«

Ich ballte die Fäuste und wäre am liebsten auf ihn losgegangen, konnte mich aber gerade noch zurückhalten.

»Also gut«, lenkte Zeus ein. »Was hältst du davon, wenn ich ihr ihre menschliche Gestalt zurückgebe und sie dann zu einer Göttin mache?«

»Was für eine Göttin?«, fragte ich skeptisch.

»Eine Göttin, die in ganz Ägypten verehrt wird. Sie soll Isis heißen.«

»Aber sie wird nicht hier auf dem Olymp wohnen!«

»Nein, nur in Ägypten.«

Damit konnte ich leben. Hätte noch gefehlt, dass er diese Isis auf den Olymp geholt hätte!

»Also gut«, sagte ich.

Zeus verwandelte daraufhin Io zurück und machte sie zur Göttin Isis, die seitdem von allen Ägyptern in Tempeln und mit Opfern verehrt wird. Ich hoffe nur, dass mein Ehemann aus dieser Geschichte gelernt hat und jetzt weiß, dass ich mir nicht alles gefallen lasse. Aber so ganz sicher bin ich mir da leider nicht …

HERAKLES
Ist mein Löwenfell nicht schick?
Ich habe einen wilden VOLLBART
Meine Pfeile sind vergiftet
Ich bin ein echtes KRAFTPAKET
Mir gelingt immer das Unmögliche
Eine andere Lieblingswaffe von mir meine Keule
DER SUPERHELD

DAS BIN ICH

← **HERAKLES**

Die Römer nennen mich **HERCULES**

☐ Sterblich

☒ unsterblich

ZU MEINER FAMILIE GEHÖREN

Meine Mutter heißt ALKMENE und mein Vater ist ZEUS, der Göttervater. Er hatte mit meiner Mutter eine seiner vielen Liebschaften.

Verheiratet ist meine Mutter mit **Amphitryon**, der von der Geschichte mit Zeus überhaupt **NICHTS** mitbekommen hat.

Meine Mutter übrigens auch nicht: Zeus hatte sich einfach in Amphitryon verwandelt.

MEINE HEIMAT IST

die Stadt Theben, dort bin ich aufgewachsen. Später habe ich mich in ALLEN Ecken der Welt herumgetrieben, einmal sogar in der Unterwelt, und überall **Heldentaten** vollbracht, für die die Menschen mir auf ewig dankbar sein werden.

DAS KANN ICH BESONDERS GUT

Monster und Bösewichte in die Unterwelt schicken, am liebsten solche, die alle anderen für unbesiegbar halten. Und Aufgaben lösen, die alle für „unlösbar" halten.

DAS MAG ICH GANZ UND GAR NICHT

Langeweile. Die kann ich auf den TOD nicht ausstehen.

HERAKLES

Dies ist meine Geschichte

Oh Mann ... Ich habe so viele Heldentaten vollbracht. Wo soll ich anfangen, wo aufhören? Am besten erzähle ich dir einfach meine erste und meine letzte Heldentat. Meine vorerst letzte, versteht sich. Es werden ja noch unzählige folgen.

Meine erste Heldentat habe ich vollbracht, als ich noch ein Baby war. Ich war kaum ein Jahr alt und lag friedlich schlummernd in meinem Bettchen, als mich ein unheimliches Zischen weckte. Ich schlug die Augen auf und sah, wie zwei Schlangen über meine Decke krochen. Keine Ahnung, wie die in mein Zimmer gekommen waren. Auf jeden Fall wurde ich echt sauer, weil die Schlangen mich geweckt hatten. Außerdem sahen sie ziemlich unfreundlich aus. Ich packte sie also mit meinen kleinen Händchen und knotete sie so fest zusammen, dass sie keine Luft mehr bekamen. Dann warf ich sie aus dem Bett. Von solchen Biestern lasse ich mir doch nicht meinen Mittagsschlaf verderben! Ich kuschelte mich unter meine Decke und schlief bald wieder ein.

Etwas später kam meine Mutter Alkmene in mein Zimmer. Sie schrie das halbe Haus zusammen, als sie die verknoteten Schlangen vor meinem Bett sah.

Ich grinste sie zahnlos an und brabbelte: »Hat Herakles tot macht.«

Da beruhigte sich meine Mutter. Ich glaube, sie war an diesem Tag sehr stolz auf mich.

Jahre später erfuhr ich, dass die Götterkönigin Hera diese Schlangen geschickt hatte. Warum, das habe ich nicht erfahren. Vielleicht wollte sie mich töten, weil sie wütend auf mich war. Ich war ja das Kind ihres Ehemannes, der sie mit einer Sterblichen betrogen hatte.

Vielleicht wollte sie aber auch einfach nur meine Superkräfte testen. Ich denke, da habe ich sie nicht enttäuscht.

Die zweite Heldentat, von der ich dir erzählen möchte, habe ich für König Eurystheus von Tiryns vollbracht. In dessen Dienste hatte ich mich gestellt und ihm versprochen, ein paar besonders schwierige Aufgaben für ihn zu erledigen. Dabei ging es um goldene Äpfel, die der König unbedingt haben wollte und die noch kein Sterblicher zuvor zu Gesicht bekommen hatte. Als Zeus und Hera heirateten, hatte die Erdmutter Gaia den beiden ein einzigartiges Hochzeitsgeschenk gemacht: einen Apfelbaum, der goldene Früchte trägt. Sehen toll aus und sind unglaublich wertvoll, darum wollte Eurystheus sie wohl auch haben, aber essen kann man die nicht. Auf dem Olymp ist es zu kalt für so einen Baum, darum hatte Hera ihn den Hesperiden anvertraut, das sind die Töchter der Nacht und des Titanen Atlas. Und die hatten den Wunderbaum in einen Garten gepflanzt, den kein Mensch betreten darf.

Ich brauchte eine ganze Weile, bis ich diesen Garten endlich fand. Er liegt fern im Westen an den Ufern des großen Ozeans. Dort, wo Atlas das Himmelsgewölbe auf seinen Schultern trägt. Das glaubst du nicht? Ist aber wirklich so! Atlas ist der stärkste aller Titanen. Zeus hatte die meisten dieser gewaltigen Burschen ja nach ihrem Sturz in den Tartaros, die finsterste Ecke der Unterwelt, geschickt. Nicht aber Atlas, für den hatte er sich eine Spezialaufgabe überlegt: Er sollte fern im Westen den Himmel hochhalten, damit dieser nicht auf die Erde fallen kann. Und das tut Atlas seitdem. Immer noch besser, als ewig im Tartaros zu schmoren, muss er sich gedacht haben. Nicht weit von der Stelle, wo er stand, bewachten seine Töchter, die Hesperiden, den Garten mit dem Wunderbaum, dessen Äpfel ich zu Eurystheus bringen sollte.

Aus sicherer Entfernung schaute ich mir das Ganze an. Zuerst den Titanen mit dem Rand des Himmels auf der Schulter. Leicht schien der Himmel nicht zu sein, Atlas wirkte ziemlich angestrengt. Hinter ihm erkannte ich den zauberhaften Garten. Der Wunderbaum fiel mir sofort ins Auge, seine Früchte leuchteten im Schein der Sonne. Doch da sah ich den Drachen, von dem ich schon gehört hatte, der den Hesperiden bei der Bewachung der Äpfel half. Er schlief im Schatten des Baumes. Und er sah gefährlich aus. Zum ersten Mal in meinem Leben spürte ich einen Anflug von Angst. Von diesem Gefühl hatte ich bisher nur gehört, selbst erlebt hatte ich es noch nie. Sollte ich es mit diesem Feuer speienden Untier aufnehmen? Der Drache könnte mich mit einem Hauch in ein Häuflein Asche verwandeln. Darauf hatte ich keine Lust. Ich will ja noch mehr Heldentaten vollbringen. Was sollte ich tun? Ich schaute zu Atlas. Er sah nicht allzu schlau aus. Einen Versuch ist es wert, dachte ich.

»Atlas, alter Junge«, sagte ich. »Du könntest mir einen Gefallen tun.«

»Wer bist du denn?«, knurrte er mürrisch. »Wo kommst du her? Was willst du hier?«

»Herakles ist mein Name. Vielleicht hast du schon von mir gehört.«

»Der Superheld?«

»Ja, genau der.«

»Das Kraftpaket mit den Superkräften?«

»Exakt.«

»Verschwinde von hier!«

»Warum?«

»Menschen dürfen diesen Garten nicht betreten. Das hat Hera bestimmt. Und Superhelden erst recht nicht.«

»Ach, die Götter«, sagte ich und machte eine wegwerfende Handbewegung. »Seit wann lassen sich Titanen von denen etwas befehlen?«

Atlas grummelte etwas Unverständliches.

»Hör zu«, fuhr ich unbeirrt fort. »Ich soll ein paar dieser goldenen Äpfel nach Tiryns bringen.«

»Warum das denn?«

»Ist eine lange Geschichte, erzähl ich dir später. Ich könnte dabei deine Hilfe gebrauchen.«

»Meine Hilfe?«

»Ja, pass auf: Du gehst in den Garten, redest dem Drachen und deinen Töchtern gut zu und pflückst mir ein paar Äpfel.«

»Bist du bescheuert? Dann fällt der Himmel auf die Erde. Was meinst du, was ich dann für einen Ärger kriege.«

»Das kann ich mir vorstellen. Aber ich kann ihn doch für dich halten. Solange du in dem Garten bist.«

Das Gesicht des Titanen klarte sich auf. »Das würdest du tun? Du hast ja keine Ahnung, wie lange ich hier schon stehe. Und wie schwer das Ding ist.«

»Klar würde ich das tun. Ich bin doch ein Superheld. Und ich brauche auch nur ein paar Äpfel, sagen wir: drei. Hera wird das gar nicht merken.«

Atlas nickte. »Also gut.«

Wir wurden uns schnell einig. Ich übernahm für Atlas den Himmel (war schwerer, als ich gedacht hatte) und er ging in den Garten und pflückte mir die Äpfel, nachdem er dem Drachen und seinen Töchtern die Sache erklärt hatte. War alles kein Problem. Dann kam er zurück. Der Schweiß lief mir nur so übers Gesicht und meine rechte Schulter schmerzte.

»Weißt du was«, sagte er. »Ich könnte die Äpfel doch nach Tiryns bringen. Und du bleibst hier stehen.« Dabei lächelte er fein.

Bei allen Göttern, dachte ich, was habe ich mir denn da eingebrockt? Zeus würde ziemlich wütend werden, wenn er vom Olymp aus plötzlich den Titanen Atlas frei auf der Erde umherspazieren sieht. Und was sollte aus mir werden? Bis in alle Ewigkeit den Himmel auf den Schultern tragen? Da konnte ich mir Besseres vorstellen. Zum Glück kam mir gleich ein rettender Gedanke:

»Das ginge natürlich«, schnaufte ich. »Wir tauschen einfach. Aber vorher würde ich mir gerne meine Schulter polstern. Vielleicht mit dem Kissen da.«

Ich zeigte auf ein Kissen, das aus unerklärlichen Gründen einige Schritte hinter Atlas auf dem Boden lag.

»Kannst du den Himmel mal ganz kurz übernehmen, damit ich mir das Kissen auf die Schulter legen kann.«

»Klar kann ich das«, sagte Atlas und legte die goldenen Äpfel auf den Boden. Titanen sind, wie gesagt, ziemlich dumm.

Wir tauschten erneut unsere Plätze. Atlas übernahm das Himmelsgewölbe, ich ließ das Kissen Kissen sein, schnappte mir die Äpfel und machte mich aus dem Staub. Das wütende Gebrüll des Titanen konnte ich noch lange hören. Aber er konnte sich unter dem schweren Himmelsgewölbe ja nicht rühren, der dumme Kerl.

Eben habe ich die Äpfel König Eurystheus gegeben. Er schaute sie kurz an, nickte zufrieden und sagte dann, er werde sie Athene geben, die sie zurück in den Garten der Hesperiden bringen soll. Na toll, dafür der ganze Aufwand!

Langsam reicht es mir mit diesen Arbeiten für Eurystheus, das kann ich dir sagen. Eine werde ich wohl noch für ihn erledigen, aber dann soll damit Schluss sein und ich werde Tiryns verlassen.

HERAKLES

Euystheus hat mir schon erzählt, was ich tun soll: Er möchte einmal Kerberos sehen, den riesigen Wachhund der Unterwelt, dieses scheußliche Vieh mit den drei Köpfen und den Schlangenhälsen. Na, Hades wird nicht begeistert sein, wenn ich ihm das Hündchen raube. Ich denke, es wird das Beste sein, wenn ich ein paar Hundekuchen mitnehme. Vielleicht auch einen Maulkorb. Oder besser gleich drei.

HERMES
SEHR wichtig: mein lieber Wanderhut
Mit meinem Flügelhut bin ich richtig schnell!
Ich bin jung → daher habe ich noch keinen Bart
Mit dem Hermes-stab erkennt mich jeder sofort als Bote
Mit meiner kurzen Tunika kann ich ganz schnell rennen und fliegen
WUUSCH
Damit kann ich Leute superleicht ins Reich der Träume schicken
Noch mehr Flügel!! (Doppelt hält besser)
DER
FLIEGENDE · BOTE

DAS BIN ICH

HERMES

Die Römer kennen mich als Mercurius

Die haben sogar einen Planeten nach mir benannt!!

☐ Sterblich

☒ unsterblich

ZU MEINER FAMILIE GEHÖREN

einmal meine Mutter Maia. Sie war eine Tochter des Titanen **Atlas** und der **Pleione**. Mein Vater ist ZEUS, der mit meiner Mutter, du ahnst es schon, eine feurige Affäre hatte. Ich selbst bin nicht verheiratet, hatte aber einige Liebschaften mit Göttinnen und Sterblichen, aus denen verschiedene **Kinder** hervorgegangen sind.

MEINE HEIMAT IST

die Halbinsel Peloponnes, dort wurde ich in einer **Höhle** am Fuße des Berges Kyllene geboren. Aber als Götterbote bin ich meist unterwegs, fliege hierhin und dorthin, **IMMER** im Auftrag meiner göttlichen Kollegen.

DAS KANN ICH BESONDERS GUT

Durch die Welt sausen. Dafür habe ich ja meine Flügel-schuhe und meinen geflügelten Hut. Ich bin übrigens schneller als das Licht. Und ich überlege mir gern lustige Streiche, mit denen ich die Menschen oder auch die Götter hereinlege.

DAS MAG ICH GANZ UND GAR NICHT

Nichtstun. Wenn ich keinen Auftrag habe. Wenn es NIRGENDWO etwas zu tricksen gibt.

Dies ist meine Geschichte

Alle kennen mich als den fliegenden Götterboten, der dauernd im Auftrag seiner Majestät, meines Vaters Zeus, durch die Welt saust und Nachrichten von einem Ort zum anderen bringt. Davon muss ich dir wohl nicht erzählen, oder? Das haben meine Götterkollegen sicherlich schon getan. Darum will ich dir lieber von einer dicken Freundschaft berichten, die auf ungewöhnliche Weise zustande gekommen ist: meine Freundschaft zu Apollon. Unsere Freundschaft ist ewig und unsterblich, genau wie wir selbst. Um dir erzählen zu können, wie sie begann, müssen wir ganz an den Anfang meines Lebens zurückgehen.

Als meine Mutter Maia schwanger war, zog sie sich in das Kyllenegebirge zurück. Da fand sie am Fuße eines Berghanges eine geräumige Höhle, richtete sich dort ein und brachte mich auf die Welt. Dann wickelte sie mir eine Windel um den Po und legte mich in eine gemütliche Ecke, die sie vorher mit Gras und einer weichen Decke ausgepolstert hatte. Ich war putzmunter und wollte gleich auf Entdeckungstour gehen, aber meine Mutter wollte davon nichts wissen. »Schlaf jetzt, Hermilein«, sagte sie und strich mir über die Wange. »Ich muss mich etwas ausruhen. Einen Gott auf die Welt zu bringen ist doch ganz schön anstrengend.« Und schon fielen ihr die Augen zu.

Nun stand meiner Entdeckungstour nichts mehr im Wege. Ich deckte meine Mama gut zu, gab ihr einen Kuss und schlich auf Zehenspitzen aus der Höhle. Es war ein herrlicher Tag. Die Sonne schien, kein Wölkchen am Himmel, von der nahen Meeresbucht wehte ein laues Lüftchen herüber.

Tja, und nun?

Ich wollte mein erstes Abenteuer erleben, aber hier in diesem abgelegenen Gebirge sah es so gar nicht nach Abenteuer aus. Dann musste ich mir eben eines suchen. Ich zog meine Windel hoch und spazierte los.

Schon nach wenigen Schritten stolperte ich über einen Schildkrötenpanzer, der vor mir im Gras lag. Ehrlich gesagt, wusste ich damals nicht, dass dieses komische Ding ein Schildkrötenpanzer war, ich hatte ja noch nie eine Schildkröte gesehen. Aber das Ding gefiel mir. Ich hob es auf, betrachtete es von allen Seiten und klopfte dagegen. Es klang dumpf und irgendwie nach Musik. Alle Babys mögen Musik, auch Götterbabys. Ich war begeistert von diesem Musikding, konnte gar nicht genug davon kriegen. Aber schon bald wurde mir die Klopfmusik langweilig, war ja immer nur derselbe Ton. Da kann man doch mehr draus machen, dachte ich. Und schon hatte ich eine Idee. Ich klemmte mir den Panzer unter den Arm und spazierte weiter durch die Gegend, bis ich einen kleinen Bauernhof fand. Dort schlich ich mich in die Werkstatt des Bauern, der gerade auf dem Feld war, klaute mir etwas Werkzeug und Holz, dazu ein langes Stück Schweinedarm, das dort herumlag, probierte etwas herum – und im Handumdrehen hatte ich ein Musikinstrument erfunden, mit dem man wundervolle Lieder spielen kann: die Lyra. Der Schildkrötenpanzer ist ein wunderbarer Resonanzkörper. Ich verließ die Werkstatt des Bauern und klimperte dabei mein erstes eigenes Lied. Die Bauersfrau, die aus dem Hühnerstall kam, staunte nicht schlecht, als ich mit Windel und Lyra singend an ihr vorbeischritt.

So zog ich den ganzen Tag durch die Gegend, das gefiel mir. Später fingen die Menschen an, mich als Reisegott zu verehren. Das kommt davon, weil ich dauernd unterwegs bin, schon an meinem ersten Tag. Und alle Diebe, Gauner und Schlitzohren dieser Welt beten mich als ihren Schutzgott an. Wieso? Das erfährst du jetzt.

Ich wanderte so umher, es war immer noch der erste Tag meines Lebens, da kam ich in eine fruchtbare Ebene, in der eine riesige Rinderherde auf einer Wiese an einem Fluss weidete. Was für schöne Tiere, dachte ich. Dass man sie Kühe nannte, wusste ich damals noch nicht. Die wollte ich haben. Wenn schon nicht alle, dann doch wenigstens, na, sagen wir fünfzig. Für den Anfang. Meine Mama würde sich bestimmt über die Tiere freuen, wenn ich sie zu ihr in die Höhle trieb.

Aber wahrscheinlich gehörten sie jemandem. Dass sie nicht irgendjemandem, sondern meinem Halbbruder Apollon gehörten, konnte ich ja nicht ahnen.

Schon wieder hatte ich eine tolle Idee. Ich flitzte auf die Wiese, packte die erstbeste Kuh am Schwanz und zog sie zum Fluss. Das Tier muhte und wehrte sich, konnte aber gegen meine göttlichen Kräfte nichts ausrichten. Sie musste rückwärtsgehen, das war mein Plan, so konnte ich den Besitzer der Herde austricksen. Er würde denken, die Spuren führten vom Fluss auf die Wiese, nicht umgekehrt. Er würde bei den Spuren keinen Verdacht schöpfen, dachte ich, sich stattdessen ratlos am Kopf kratzen und sich fragen, wie fünfzig seiner Tiere verschwunden waren.

So machte ich es: Ich packte die fünfzig Kühe am Schwanz, zog sie zum Fluss und schwamm mit ihnen einige Hundert Schritt flussabwärts. Dort brachte ich sie ans Ufer, eine nach der anderen. Und als ich fünfzig zusammenhatte, stimmte ich ein fröhliches Lied auf meiner Lyra an und trieb die Tiere ins Kyllenegebirge.

Meine Mutter hatte von meinem ganzen Ausflug nichts mitbekommen. Sie schlief noch immer in der Höhle. Da wollte ich sie nicht wecken, ich konnte ihr die Kühe ja auch noch morgen schenken. Also baute ich schnell in einem Waldstück unweit der Höhle einen Pferch, trieb die Kühe hinein und flitzte zurück zu meiner Mama. Ich kuschelte mich an sie und schlief schnell ein. War doch etwas anstrengend gewesen, dieser erste Tag meines Lebens.

Am nächsten Morgen gab es richtig Ärger. Apollon stand vor dem Höhleneingang und war reichlich aufgebracht.

»Hier soll ein göttliches Baby wohnen«, rief er und fuchtelte mit seinem Bogen herum. »Mit dem würde ich gerne mal ein Wörtchen reden.«

Maia und ich, wir waren mit einem Schlag hellwach.

»Wer ist denn da?«, fragte meine Mutter. Sie stand auf und ging zum Höhleneingang.

»Gestatten: Apollon, Sohn des Zeus und der Leto. Ich bin ein Gott! Das weißt du hoffentlich. Und du bist Maia, nicht wahr? Die Atlastochter?«

»Ja, das bin ich. Warum hast du uns geweckt? Was willst du hier?«

»Ich hab ein Hühnchen mit deinem Sohn zu rupfen, diesem rotzfrechen Lümmel.«

»Woher weißt du, dass ich einen Sohn habe?«

»Er hat mir fünfzig Kühe gestohlen, gestern Nachmittag. Dabei wurde er beobachtet. Ein Sterblicher namens Battos hat gesehen, wie ein Baby fünfzig Kühe in diesen Wald getrieben hat.«

»So ein Unsinn. Mein Sohn hat den ganzen Tag neben mir in der Höhle geschlafen.«

»Bist du dir da so sicher?«

»Natürlich. Ich habe … Also, ich habe den ganzen Tag geschlafen. Aber er ist doch noch ein Baby. Und Babys stehlen keine Kühe.«

»Muh, muh, muh!«

Das kam aus dem Wald. Mist, dachte ich. Ich hätte den Pferch etwas weiter entfernt bauen sollen.

»Hörst du das?«, fragte Apollon aufgebracht. »Das sind meine Kühe!«

»Das kann ja sein. Aber mein Hermilein stiehlt keine Kühe. Das habe ich dir doch gesagt.«

»Dieser Battos hat ihn beobachtet: Mit einer Windel um den Po und einem komischen Musikdings in der Hand hat dein Sohn fünfzig meiner Kühe in die Richtung dieser Höhle getrieben. Dein Sohn ist ein Gott, so viel steht fest. Und ich weiß auch, wer sein Vater ist. Zeus hat mir erzählt, dass ihr beide eine kleine Affäre hattet.«

»Pssst! Nicht so laut! Ich möchte nicht, dass Hera davon erfährt.«

Diesen Battos knöpfe ich mir später vor, dachte ich. Aber jetzt musste ich erst mal die Sache mit den Kühen regeln. Ich krabbelte auf allen vieren zum Höhleneingang, brabbelte unverständliches Zeug und setzte mein niedlichstes Babygesicht auf.

Apollon schaute mich grimmig an.

»Siehst du«, sagte meine Mama. »Er ist ein Baby. Er kann noch nicht einmal laufen oder reden. Geschweige denn Kühe klauen.«

»Das werden wir ja sehen. Ich nehme ihn mit!«

»Das kannst du nicht …«, hörte ich meine Mutter noch rufen, da hatte Apollon mich schon unter den Arm geklemmt und war mit mir auf den Olymp gesaust. Ich konnte nicht einmal Pffft sagen, so schnell ging das.

Er schleppte mich vor Zeus' Thron.

»Du wirst es nicht wagen, unserem Vater ins Gesicht zu lügen«, raunte Apollon mir zu. »Hier wirst du die Wahrheit sagen. Zeus durchschaut jede Lüge.«

Ich nickte betreten und schaute hinauf zu meinem Vater. Da saß er also, der mächtige König der Götter. Während er uns mit zusammengezogenen Augenbrauen anschaute, spielte er mit einem glänzenden Blitzbündel in seinen Händen. Apollon erzählte ihm die Geschichte von seinen Rindern. Die kannte ich ja, mir wurde schnell langweilig. Ich schaute mich um. Da fiel mein Blick auf den Köcher und den Bogen, die Apollon neben uns auf den Boden gelegt hatte. Die schnappte ich mir und stopfte sie in meine Windel, ohne dass Zeus oder Apollon etwas bemerkt hätte. Frag mich nicht, wie die da hineingepasst haben. Göttergeheimnis. Als Apollon fertig war, stellte mich Zeus zur Rede.

Leugnen war zwecklos.

»Okay, ich war's«, sagte ich gleich. »Ich habe Apollons Kühe ge… geliehen.«

»Du hast sie gestohlen«, schnaufte Apollon. »Wo ist überhaupt mein Bogen?«

Ich zuckte die Schultern. »Du kannst die Kühe wiederhaben«, sagte ich. »Ich habe sie nicht angerührt.«

»Na, dann ist die Sache ja geregelt«, brummelte Zeus. »Und in Zukunft vertragt ihr euch, verstanden? Ich mag es nicht, wenn meine Kinder sich streiten.«

»Ja, ja, Papa«, murmelten wir beide.

Als wir den Palast verließen, fluchte Apollon vor sich hin. Ihm wollte einfach nicht einfallen, wo er seinen Köcher und seinen Bogen gelassen hatte. Wir flogen zurück auf die Erde, ich führte ihn zu seinen Kühen.

»Hier sind sie«, sagte ich, als wir vor dem Pferch standen. Die Kühe grasten friedlich in der Mittagssonne. »Soll ich sie zurücktreiben?«

»Nicht nötig«, sagte Apollon geistesabwesend. »Das schaffe ich schon selber. Wo habe ich nur …?«

Da zog ich Köcher und Bogen aus meiner Windel.

»Suchst du die hier?«

Apollon schaute mich fassungslos hat.

»Woher hast du …?«

»Du hattest sie in Zeus' Palast vergessen.«

Ein leichtes Lächeln zuckte um seine Lippen.

»Von wegen«, sagte er grinsend. »Du bist ein Schlitzohr, Hermes. Ein Trickser und Betrüger. Ich hätte große Lust, dich übers Knie zu legen und deine Windel weich zu klopfen.«

»Hey, man schlägt keine Babys!«, rief ich. »Außerdem bin ich ein Gott, genau wie du. Warte mal …«

Ich sauste in die Höhle und war im nächsten Moment mit der Lyra wieder zurück.

»Was ist das?«, fragte Apollon interessiert, als er das Instrument in meinen Händen sah.

Ich spielte ihm ein Liedchen vor. Apollon spitzte die Ohren und staunte nicht schlecht, als er die Musik hörte.

»Das nennt man Musik«, sagte ich. »Und das Ding hier habe ich Lyra genannt. Willst du sie haben?«

»Ja, also, sie gefällt mir …«

»Ich schenke sie dir«, sagte ich. »Als Wiedergutmachung für die Sache mit den Kühen.«

Apollon strahlte und nahm die Lyra vorsichtig in die Hände.

»Das würdest du tun?«

»Klaro. Wir sind doch Brüder. Und Freunde. Fürs Leben und in alle Ewigkeit. Was hältst du davon?«

»Viel«, sagte Apollon und nickte mir zu. »Freunde für die Ewigkeit. Das klingt nicht schlecht. Aber ich finde, du solltest dir langsam mal etwas anderes anziehen. Diese Windel stinkt schon ein bisschen. Und ein wenig wachsen könntest du auch noch. Sonst machen sich die anderen Götter über mich lustig: ›Seht mal, da kommt der mächtige Apollon mit seinem besten Kumpel.‹ Und dann tappst ein Baby neben mir her.«

»Wird erledigt«, sagte ich. »Und wenn ich mit dem Wachsen fertig bin, wollen wir beide Abenteuer erleben. Und viel Spaß haben. Einverstanden?«

»Einverstanden«, sagte Apollon und gab mir die Hand.

Ja, so lernte ich am zweiten Tag meines Lebens meinen besten Freund kennen.

MEDEIA
Ich bin jung und schön!
Ich kann richtig zaubern!
Mit DRACHEN komme ich gut klar!
Zwei davon ziehen sogar meinen Wagen
Mein Hobby: Zaubertränke brauen
DIE ZAUBERHAFTE

DAS BIN ICH

MEDEIA

Die Römer haben sich das "i" gespart und nennen mich *Medea*

☒ sterblich

☐ unsterblich

ZU MEINER FAMILIE GEHÖREN

mein Vater Aietes und meine Mutter Idyia. Dadurch fließt titanisches Blut in meinen Adern. Der Vater meines Vaters ist nämlich niemand anderes als der Titan Helios, der täglich mit seinem Sonnenwagen über den Himmel fährt. Ich habe noch zwei Geschwister, meinen Bruder **Apsyrtos** und meine Schwester Chalkiope.

MEINE HEIMAT IST

das Land **Kolchis** an der Ostküste des Schwarzen meeres. Dort lebte ich ein "sorgenfreies" Leben am Hof meines Vaters, des Königs von Kolchis, bis dieser **junge Mann** aus Griechenland zu uns kam.

DAS KANN ICH BESONDERS GUT

Zaubern. Aber nicht irgendwelche billigen Tricks mit **Karten**, **Kaninchen** oder **Münzen**. **Nein**, ich meine richtig zaubern! Doch, **Wirklich!!** **Hekate**, die Göttin der Zauberei, hat mir das beigebracht. Ich kann allerlei Säfte, Pulver und Salben mit den erstaunlichsten Wirkungen herstellen.

DAS MAG ICH GANZ UND GAR NICHT

Vor eine Entscheidung gestellt zu werden und dabei **genau** zu wissen, dass ich etwas falsch mache, egal wofür ich mich entscheide.

MEDEIA

Dies ist meine Geschichte

Wie es zu dieser schlimmen Situation kam, in der ich mich entscheiden musste und genau wusste, dass ich auf jeden Fall etwas Falsches machen werde, davon möchte ich dir berichten.

Ich hatte ein schönes Leben am Königshof von Kolchis. Jeden Tag ging ich in den Tempel der Hekate, versah dort meinen göttlichen Dienst und lernte immer neue Zaubertricks hinzu. Doch mein Leben änderte sich schlagartig, als eines Tages ein Schiff an unserer Küste landete. Es kam aus Jolkos. Das liegt in Thessalien in Griechenland, viele Tagesreisen von meiner Heimat entfernt. Die Männer, die dem Schiff entstiegen, nannten sich Argonauten, also Argofahrer. Das Schiff, mit dem sie kamen, hieß nämlich Argo.

Was waren das für Männer! Ich bekam ganz weiche Knie, als ich sie sah: die größten Helden ganz Griechenlands. Ihr Anführer hieß Jason. Als er vor den Thron meines Vaters trat, schlug mein Herz schneller. Ich bekam rote Ohren. Mir war sofort klar, dass Eros mich mit einem seiner Pfeile getroffen hatte. Jason erzählte meinem Vater, dass er aus dem fernen Griechenland gekommen sei, um das goldene Vlies mitzunehmen, das seit vielen Jahren an einem Baum in einem heiligen Hain vor den Toren unserer Stadt hing.

Du weißt sicherlich nicht, was ein Vlies ist, oder? So nennen wir ein Schaffell. Aber das Fell eines Schafes ist doch nicht golden, wirst du einwenden. Klar, normalerweise nicht. Aber das Fell, das in unserem heiligen Hain hing, war tatsächlich aus purem Gold. Es gehörte einmal einem großen Widder, also einem Schafsbock, mit dem mein Schwager Phrixos in unser Land geflohen war. Wie kann man auf einem Schaf fliehen?, wirst du dich fragen. Nicht nur fliehen, sondern sogar fliegen! Ja, tatsächlich! Dieser Widder mit dem goldenen Fell konnte wirklich fliegen. Er hatte Flügel, ob du's glaubst oder nicht. Der Gott Hermes hatte ihn meinem Schwager Phrixos und dessen Schwester Helle geschenkt. Die mussten nämlich vor ihrer bösen Stiefmutter fliehen, die ihnen an den Kragen wollte. Phrixos und Helle stiegen auf diesen goldenen Widder und flogen mit ihm aus Griechenland in Richtung Osten. Blöderweise wurde Helle dabei irgendwann schwindelig, der Widder hatte wohl ein ziemliches Tempo drauf. Sie schaute hinunter, verlor den Halt, stürzte ins Meer und ertrank. Ob es sie in der Unterwelt tröstet, dass das Meer, in das sie stürzte, nach ihr benannt wurde und seitdem Helles Meer, auf Griechisch Hellespontos, heißt?

Phrixos konnte ihr nicht helfen, er flog weiter nach Kolchis, wurde hier von meinem Vater Aietes gastfreundlich aufgenommen und heiratete später meine große Schwester Chalkiope. Den goldenen Widder opferte er Zeus, dem Gott der Gastfreundschaft, sein Fell weihte er dem Kriegsgott und hängte es an den Ast einer großen Eiche im Areshain vor unserer Stadt. Zur Bewachung des Fells besorgte mein Vater Aietes einen feuerspeienden Drachen, der niemals schläft.

All das ist viele Jahre her, ich war damals noch ein Kind. Mein Schwager Phrixos ist vor Kurzem gestorben. Doch das goldene Vlies hing immer noch an dem Eichenbaum und brachte unserem Land Glück und Wohlstand, so glaubten wir zumindest. Und dieses Vlies wollten Jason und seine Männer nun mit nach Hause nehmen. Jason hatte meinem Vater erzählt, warum er das Vlies haben wollte: Sein Onkel Pelias, der König von Jolkos, habe ihm diesen Auftrag gegeben. Eigentlich sei er, Jason, der rechtmäßige König von Jolkos. Doch sein Onkel habe seinen Bruder Aison, Jasons Vater, aus der

Stadt gejagt und sich selbst die Königskrone aufgesetzt. Jason sei vor Kurzem nach Jolkos zurückgekehrt und habe von Pelias den Thron gefordert, der ihm zustehe.

»Pelias wird zurücktreten«, sagte Jason. »Das hat er mir versprochen. Aber erst dann, wenn ich ihm das goldene Vlies aus Kolchis besorgt habe. Das war seine einzige Bedingung. Darum bin ich hier.«

Mein Vater hatte die größte Mühe, sich zu beherrschen. Er schaute Jason mit zusammengezogenen Augenbrauen an und sagte kein Wort. Ich stand neben dem Thron, auf dem er saß.

»Erst habe ich gezögert«, fuhr Jason unbeirrt fort. Er war ganz allein in den großen Saal unseres Palastes gekommen. »Aber dann bekam ich Lust auf dieses Abenteuer. Ich rief die größten Helden meiner Heimat zusammen und ließ mir vom Schiffsbaumeister Argos die Argo bauen, die wir nach ihm benannten. Athene selbst hat ihm bei der Arbeit geholfen. Ich bitte dich, großer König Aietes: Gib mir das Widderfell! Es gehört nach Griechenland. Und es würde mir den Königsthron verschaffen, der mir zusteht.«

Hach, was für ein mutiger Mann, dachte ich. Furchtlos und kühn. Und so gut aussehend!

»Sicher werde ich dir das Fell geben«, antwortete mein Vater. »Kolchis ist doch für seine Gastfreundschaft berühmt.«

Ich schaute ihn verwundert an. Er grinste verschlagen.

»Aber nicht umsonst. Du musst eine Aufgabe erfüllen, um zu zeigen, dass du das Vlies auch verdienst.«

Jason schluckte. »Welche Aufgabe ist das?«

»Ich habe zwei Stiere«, sagte Aietes. »Die musst du unter das Joch spannen, ein Feld mit ihnen pflügen, dann die Saat ausbringen und sie ernten.«

»Wenn's weiter nichts ist«, sagte Jason erleichtert. »Das sollte zu schaffen sein.«

Mein Herz blieb für einen Augenblick stehen. Ich wusste ja, von welchen Stieren und von welcher Saat mein Vater sprach. Das war Jasons Todesurteil.

»Die Stiere haben eiserne Füße«, erläuterte mein Vater mit sichtlichem Vergnügen. »Und gewaltige Kräfte. Außerdem speien sie Feuer, das alles Lebendige sofort tötet. Die Saat, von der ich sprach, sind die Zähne eines Drachen. Sobald du sie gesät hast, sprießen hundert riesige Männer aus der Erde hervor, in voller Rüstung. Wenn du diese Männer besiegt hast, einen nach dem anderen, lasse ich dich zum goldenen Vlies. Dort musst du dann nur noch einen grausigen Drachen töten, der niemals schläft.«

Er lehnte sich grinsend in seinem Thron zurück und verschränkte die Arme vor der Brust.

»Gut«, sagte Jason mit belegter Stimme. »Das sind doch Kleinigkeiten für einen echten Griechen. Wann und wo soll es losgehen?«

»Gleich morgen früh«, antwortete mein Vater. »Auf dem Feld vor dem Areshain. Ich werde eine Tribüne errichten lassen. Die Kolcher sollen ihren Spaß haben.«

Jason war ganz blass geworden. Er schaute sich hilflos im großen Thronsaal um. Da blieb sein Blick an mir hängen. Ich nickte ihm freundlich zu. Er lächelte zurück. Mein Herz machte einen Sprung.

Sollte ich ihm helfen? Und dabei meinem Vater in den Rücken fallen? Würde ich ihm nicht helfen, müsste er sterben – ein unschuldiger junger Mann, der nichts Böses getan und in den ich mich verliebt hatte! Ich spürte, wie ich gleichzeitig in zwei Richtungen gezogen wurde. Bei allen Göttern – was sollte ich tun? Halte zu deinem Vater, sagte mein Verstand. Hilf diesem jungen Mann, sagte mein Herz. Damit war die Entscheidung gefallen.

Ich eilte aus dem Palast und fing Jason kurz vor dem Stadttor ab. Er stand mit hängenden Schultern vor mir.

»Hör zu«, raunte ich. »Ich bin Medeia, die Tochter des Königs. Ich werde dir helfen, die Aufgaben zu bewältigen, die mein Vater dir gestellt hat.«

»Wie willst du das tun?«, fragte Jason ungläubig. »Dazu braucht man übermenschliche Kräfte.«

»Die habe ich. Komm heute um Mitternacht allein zum Hekatetempel draußen vor der Stadt. Dort werde ich dir alles erklären.«

Damit ließ ich ihn stehen und lief zurück in den Palast, um heimlich alles vorzubereiten. In der Nacht kam Jason zum Tempel, wo ich voller Sehnsucht auf ihn wartete. Ich führte ihn an die Rückseite des Tempels, damit niemand uns beobachten konnte.

»Nimm diese Salbe«, sagte ich und reichte Jason ein tönernes Gefäß. »Ich habe sie heute für dich angerührt. Reibe dich selbst und deine Waffen damit ein, auch deinen Schild und deinen Helm. Die Salbe wird dich vor dem Feueratem der Stiere schützen.«

»Danke«, sagte er verlegen. »Bist du sicher, dass die Salbe wirkt?«

»Ganz sicher. Du kannst mir vertrauen.«

»Und die hundert riesigen Männer?«

»Mit denen musst du alleine fertigwerden. Wirf am besten einen Stein mitten unter sie.«

»Wozu das?«

»Das wirst du schon sehen.«

»Und der Drache, der das Vlies bewacht?«

»Den werde ich für dich besiegen.«

»Wie willst du das anstellen?«

»Mit Zauberkraft.«

Jason schaute mich verwirrt an. »Warum tust du das alles für mich?«

Ich errötete. »Weil du auch etwas für mich tun sollst.«

»Was denn?«

»Mich mitnehmen in deine Heimat. Und mich heiraten.«

»Also, äh …«, stotterte Jason. »Das geht jetzt etwas plötzlich. Aber wenn du meinst … Ja, darüber lässt sich reden. Du bist ja immerhin eine echte Prinzessin.«

»Eine zauberhafte Prinzessin.«

»Dann soll es so sein«, sagte Jason. »Wenn diese Salbe wirkt, wenn ich morgen tatsächlich das Vlies in meinen Händen halte, dann nehme ich dich mit auf die Argo und wir fahren zusammen nach Griechenland. Dort sollst du dann meine Königin werden.«

Er küsste mich auf die Wange und verschwand in der Nacht.

Hatte ich das Richtige getan? Ich spürte die große Macht der Liebe in mir. Aber gleichzeitig hatte ich ein schlechtes Gewissen und ahnte, dass es falsch war, was ich tat.

Am nächsten Tag verlief zunächst alles so, wie ich es geplant hatte: Die Feuer speienden Stiere konnten Jason nichts anhaben. Er zwang sie unter dem Jubel seiner Argonauten unter das schwere Joch und pflügte das Feld. Die Kolcher staunten nicht schlecht, als der Feueratem einfach an Jason abprallte. Mein Vater Aietes blickte grimmig zu mir herüber. Er ahnte wohl, wessen Künste den Mann aus Thessalien unverwundbar gemacht hatten. Auch der Trick mit dem Stein funktionierte. Als die hundert Riesen aus der Erde gewachsen waren, schleuderte Jason einen großen Stein mitten unter sie und traf einen der Riesen am Kopf. Der dachte, sein Nachbar hätte ihn geschlagen. Im Handumdrehen prügelten und stachen die dummen Kerle aufeinander ein, Jason musst gar nichts tun. Es dauerte nicht lange, da lagen sie alle tot auf dem Feld. Mein Held reckte seine Faust in die Höhe, der Jubel der Argonauten kannte keine Grenzen, die Kolcher verließen enttäuscht die Tribünen.

»Der Drache wird dich erledigen«, knurrte mein Vater. Er schaute Jason finster an und verschwand im Palast. »Morgen früh im Areshain.«

So weit sollte es nicht kommen. In der Nacht führte ich Jason zu der großen Eiche, an der das Vlies hing. Der Drache knurrte uns wütend an. Damit hatte ich gerechnet. Ich warf ihm ein paar Leckerlis hin, die ich zuvor gebacken hatte. Der Drache stürzte sich gierig darauf und im nächsten Moment lag er laut schnarchend vor uns. Ein Drache, der nie schläft – da hatte er nicht mit den Zauberkräften der Prinzessin Medeia gerechnet!

»Zauberhaft«, sagte Jason bewundernd, kletterte auf den Baum und schnappte sich das Vlies.

Dann rannten wir hinunter zur Küste. Dort warteten die Argonauten ungeduldig auf uns, in aller Heimlichkeit hatten sie die Argo startklar gemacht. Wir sprangen an Bord, Jason zeigte seinen Männern voller Freude das goldene Vlies und die Prinzessin von Kolchis. Ich wurde misstrauisch beäugt, aber den Männern blieb keine Zeit, irgendwelche Fragen zu stellen. Aus der Stadt hörten wir Lärm. Die Kolcher mussten bemerkt haben, dass das Vlies weg war. Sofort stachen wir in See. Die Griechen legten sich mächtig in die Ruder.

Wir entkamen mit Müh und Not. Inzwischen sind wir nur noch einige Stunden von Jolhos entfernt. Eigentlich müsste ich glücklich sein, aber irgendwie habe ich das Gefühl, dass die Geschichte mit Jason und mir nicht gut ausgeht …

NAUSIKAA
Ich bin eine ECHTE Prinzessin
Wenn ich mich verliebe, werde ich ganz "schüchtern"
Ich bin immer sehr freundlich
Ich bin erst 17 Jahre alt
Harmonie ist mir total wichtig
Ich liebe die Ruhe und Abgeschieden-heit
→ DIE•HOFFNUNGSLOS ←
VERLIEBTE

DAS BIN ICH

NAUSIKAA

Die Römer schreiben mich statt mit K mit C

☒ Sterblich

☐ unsterblich

ZU MEINER FAMILIE GEHÖREN

meine Mutter Arete und mein Vater Alkinoos, die Königin und der König von **Scheria**. Dann habe ich noch einige Brüder, der älteste heißt Laodamas. Er wird dereinst meinem Vater auf dem Königsthron folgen.

MEINE HEIMAT IST

die Insel Scheria. Dort lebt mein Volk, die **Phaiaken**. Wenn du von dieser Insel noch **NIE** etwas gehört hast, musst du dich nicht wundern. Du wirst sie auf „**Keiner**"

Karte finden. Wir lieben die RUHE und die Abgeschiedenheit. Die Götter sind uns gewogen und haben **unsere Insel** mit einem Zauber belegt, der sie für andere Menschen unauffindbar macht. **NUR** mit der „Hilfe“ der Götter kann es einem Menschen gelingen, auf **unsere Insel** zu stoßen.

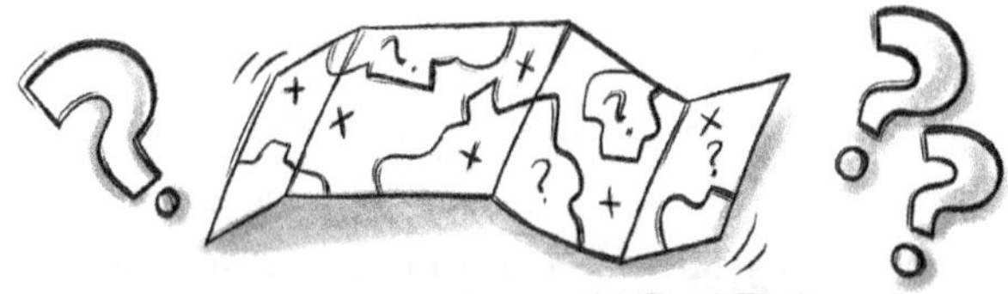

DAS KANN ICH BESONDERS GUT

Freundlich sein. Wir **Phaiaken** sind ein besonders freundliches Volk. Wir lieben den Frieden und die Eintracht. Gäste, auch wenn sie nur **selten** zu uns kommen, behandeln wir mit der **größten** Gastfreundschaft, die du dir vorstellen kannst.

DAS MAG ICH GANZ UND GAR NICHT

die Aussichtslosigkeit. Wenn ich weiß, dass etwas, das ich **SO gerne** haben möchte, für mich **IMMER unerreichbar** bleiben wird. Das ist sehr frustrierend.

NAUSIKAA

Dies ist meine Geschichte

Ich möchte dir von dem aufregendsten Tag meines Lebens erzählen, an dem ich dem größten Helden meiner Zeit begegnet bin. Einem Helden, von dem ganz Griechenland sprach und immer noch spricht. Einem Helden, den ich zuerst gar nicht erkannt habe.

In der Nacht vor diesem aufregenden Tag hatte ich einen Traum: Eine Freundin erschien und riet mir, ich solle meine Kleider waschen, schließlich sei ich im heiratsfähigen Alter, man wisse nie, wann der Bräutigam vor der Tür stehe. Und an meinem Hochzeitstag könne ich doch nicht mit einem schmutzigen Kleid herumlaufen. Ein merkwürdiger Traum!

Ich wachte noch vor Sonnenaufgang auf und dachte über diesen Traum nach. Dabei hatte ich das Gefühl, als sei mir nicht eine Freundin, sondern eine Göttin, vielleicht sogar Athene selbst, erschienen. Wenn Götter dir etwas raten, dann solltest du ihren Rat befolgen. Ich sprang aus dem Bett und bat meinen Vater, König Alkinoos, um zwei Maultiere und einen Wagen. Darauf lud ich alle meine Kleider, einen Schlauch Wein und ein paar Leckereien. Dann sagte ich meinen drei besten Freundinnen Bescheid. Wir fuhren im Schein der ersten Sonnenstrahlen aus der Stadt hinunter an den Strand, wo der Fluss sich mit seinem klaren Wasser ins Meer ergießt. Dort wuschen wir die Kleider und legten sie zum Trocknen auf den warmen Sand.

Die Arbeit hatte uns ganz schön ins Schwitzen gebracht. Wir badeten in dem kühlen Wasser des Flusses. Danach salbten wir uns mit einem wohlriechenden Öl, zogen unsere Kleider wieder an, setzten uns an den Strand und genossen unser Picknick. Nachdem wir uns etwas ausgeruht hatten, spielten wir mit einem Ball, den eine meiner Freundinnen mitgebracht hatte. Wir warfen ihn uns gegenseitig zu und hatten dabei jede Menge Spaß. Plötzlich fiel der Ball in den Fluss. Meine Freundinnen schrien auf. Der Ball trieb in Richtung Meer.

»Ist doch nicht so schlimm«, rief ich. »Das war nur ein alter Ball. Wenn wir …«

Mir blieben die Worte im Halse stecken. Ein Mann kam aus dem Gebüsch hervor, das direkt am Flussufer wuchs. Ein fremder Mann. Er war splitternackt, hatte sich nur notdürftig mit einem Zweig bedeckt.

Meine Freundinnen rannten kreischend davon. Doch ich blieb ruhig. Der Fremde hatte mich zwar erschreckt, aber er jagte mir keine Angst ein. Außerdem musste ich als Prinzessin Haltung bewahren. Also blieb ich stehen, als er mit wackligen Schritten auf mich zukam. Bei allen Göttern, dachte ich. Wie sieht der denn aus! Sein Körper war übersät von Schrammen und Narben. Er trug einen wirren Bart, sein Haar war vom getrockneten Salzwasser verklebt. Überhaupt sah er so aus, als wäre er tagelang im Meer geschwommen. Wer war dieser Mann?

»Bist du die Göttin Artemis?«, fragte er mit zitternder Stimme. Er blieb einige Schritte vor mir stehen. »Du musst eine Göttin sein, so schön, wie du bist.«

Die Röte schoss mir ins Gesicht. Ich schüttelte den Kopf.

»Mein Name ist Nausikaa«, sagte ich. »Ich bin die Tochter des Alkinoos, des Königs dieser Insel. Sie heißt Scheria.«

»Gepriesen seien die Götter«, rief der Fremde und hob die Hände zum Himmel. Dabei hob er auch den Zweig in die Höhe, mit dem er sich bedeckt hatte.

»Oh, entschuldige bitte!«

Er hatte sein Missgeschick bemerkt und nahm die Arme wieder herunter. Ich konnte mir ein Lächeln nicht verkneifen.

»Vor zwanzig Tagen bin ich von der Insel Ogygia aufgebrochen«, erzählte er. »Mit einem Floß und reich beschenkt von Kalypso, der Herrin dieser Insel. Doch vor drei Tagen geriet ich in einen furchtbaren Seesturm, der mein Floß zerschmetterte. Wahrscheinlich hat Poseidon den Sturm verursacht. Der ist ziemlich schlecht zu sprechen auf mich seit der Sache mit diesem Kyklopen. Drei Tage lang schwamm ich durch die brausende Salzflut, bis ich mich in der Nacht mit letzter Kraft hier an diese Küste retten konnte. Ich schlief sofort ein, als ich festen Boden unter mir spürte. Der Lärm, den ihr beim Spiel gemacht habt, hat mich geweckt. Ich flehe dich an, Prinzessin Nausikaa, führe mich zu deinem Vater. Ihn möchte ich um ein Schiff bitten, das mich nach Hause bringt.«

Ich verstand nicht viel von dem, was der Fremde mir erzählte. Nur dass er ein Schiffbrüchiger war und nach Hause wollte. Er sackte auf die Knie und schaute mich flehentlich an. Wer war er? Warum hatte er mir seinen Namen nicht genannt?

»Ich werde deinen Wunsch erfüllen«, entgegnete ich. »Wir Phaiaken sind ein gastfreundliches Volk und helfen allen, die uns um Hilfe bitten. Aber vorher musst du dich ein bisschen schick machen.«

Ich rief meine Freundinnen, die sich hinter einer Hecke versteckt hatten. Eine brachte dem Fremden das Salböl, eine andere einen großen Umhang. Er verschwand hinter dem Gebüsch am Ufer, badete im Fluss und salbte sich. Als er, in den Umhang gehüllt, wieder vor uns stand, erschien er mir wie verwandelt. Hatten die Götter dabei ihre Hände im Spiel? Was für ein stattlicher Mann! Schade, dass er nach Hause wollte. Meinetwegen hätte er gerne länger auf Scheria bleiben können.

Wir gaben dem Fremden das, was von unserem Picknick übrig war, luden die getrockneten Kleider auf den Wagen und fuhren in die Stadt. Ich wollte ihn nicht mit auf den Wagen nehmen, das hätte zu viel Gerede gegeben: Prinzessin Nausikaa fährt mit einem halb nackten Fremden durch die Straßen!

Ich hatte ihm den Weg beschrieben und bald nach unserer Ankunft tauchte er im Palast auf. Dort fiel er vor meinen Eltern auf die Knie. Er berichtete ihnen, dass diese Kalypso ihn sieben Jahre lang auf ihrer Insel festgehalten habe. Dann erzählte er von seiner Floßfahrt, dem Seesturm und der Begegnung mit mir. Doch seinen Namen nannte er nicht.

»Fremde sind uns immer willkommen«, sagte mein Vater. Er rief einen Sklaven, der den Mann in ein Gemach führte, wo er sich neu einkleiden und ausruhen konnte.

Am Nachmittag führte mein Vater ihn durch die Stadt. Mein Bruder Laodamas und ich durften die beiden begleiten. Der Fremde ließ sich von meinem Vater alles zeigen, die Straßen, die Häuser, die Tempel. Am Rande der Stadt kamen wir an einer Palaistra vorbei, einem Sportplatz. Dort trainierten gerade einige junge Männer in meinem Alter den Diskuswurf. Als sie uns sahen, kamen sie zu uns und begrüßten den Fremden freundlich.

»Na, Väterchen«, sagte einer von ihnen grinsend. »Du bist ja nicht mehr der Jüngste. Willst du es trotzdem einmal mit dem Diskus versuchen?« Er hielt die schwere Scheibe in der Hand und nickte dem Fremden aufmunternd zu. Ich muss zugeben: Wir Phaiaken haben manchmal recht unterschiedliche Auffassungen von Gastfreundschaft.

Der Fremde zog die Brauen zusammen. »Nicht mehr der Jüngste?«, knurrte er. Er war sichtlich wütend geworden. »Mit so einem Windelpupser wie dir nehme ich es locker auf. Siehst du den Olivenbaum dahinten?«

Die Männer drehten sich um. Weit hinter der Palaistra, etwa hundert Schritt von unserem Platz entfernt, stand ein einsamer Olivenbaum auf dem offenen Feld.

»Klar sehe ich den. Was soll damit sein?«

»Den treffe ich.«

Die Männer brachen in schallendes Gelächter aus.

»Den würde vielleicht Achilleus treffen«, prustete einer. »Oder Hektor. Oder Odysseus. Aber die sind alle tot. Lass es bleiben, Väterchen, du bist wohl schon etwas wirr im Kopf.«

Der Fremde riss dem lachenden Phaiaken den Diskus aus der Hand, trat ein paar Schritte zurück, holte kurz Schwung und schleuderte die Scheibe mit einer Kraft, wie ich es noch nie zuvor gesehen hatte. Das Ding flog und flog und flog und landete schließlich krachend in den Ästen des Olivenbaumes, aus dem einige Spatzen laut schimpfend emporflogen.

Den jungen Männern blieb das Lachen im Halse stecken. Mit weit aufgerissenen Augen starrten sie den Fremden an.

»Wer bist du?«, fragte einer entsetzt.

»Du musst ein Gott sein«, sagte ein anderer und wich ehrfurchtsvoll zurück.

Doch der Fremde murmelte nur »… von wegen tot!«, drehte sich um und ging.

Mein Vater, mein Bruder und ich, wir schauten uns ratlos an.

Am nächsten Tag fand zu Ehren des Unbekannten ein Festmahl im Palast statt. Mein Vater hatte die vornehmsten Phaiaken eingeladen. Zwölf große Tische standen im Saal, alle Plätze waren besetzt. Und alle Gäste schauten immer wieder zu dem unbekannten Fremden, der den Ehrenplatz neben meinem Vater bekommen hatte. Ich hatte mein schönstes Gewand angezogen und saß am Tisch dem Fremden gegenüber. Er sprach nicht viel, schaute die meiste Zeit auf den Becher Wein, der vor ihm stand, und schien mit den Gedanken ganz weit weg zu sein. Woran er wohl dachte? Wie gern hätte ich ihn gefragt! Aber ich traute mich nicht, lächelte stattdessen immer wieder zu ihm hinüber. Doch er schaute kaum auf.

Als dann Demodokos, der blinde Sänger, seinen Auftritt hatte, geschah etwas Sonderbares. Demodokos stellte sich in die Mitte des Saales, wie er es immer tat, wenn mein Vater ein Fest gab, ließ sich seine Lyra reichen und begann zu singen. Demodokos hat eine so wunderbare Stimme, das kannst du dir nicht vorstellen. Sie jagt uns immer wieder eine Gänsehaut über den Rücken. Er sang vom großen Krieg um Troja, der vor zehn Jahren zu Ende gegangen war. Vom tapferen Achilleus, vom weisen König Priamos, vom listigen Odysseus und vom hölzernen Pferde, mit dessen Hilfe die Stadt schließlich erobert wurde. Und was tat unser Gast, während Demodokos sang? Er stützte seinen Kopf in die Hände und weinte bitterlich.

Ich bemerkte es als Erste, die anderen hatten ihre Augen noch auf den Sänger gerichtet. Der Mann tat mir so leid. Der Kummer, der ihn plagte, musste riesengroß sein. Was sollte ich tun? Ich gab meinem Vater ein Zeichen. Der sah die Tränen des Mannes und schickte einen Sklaven zu Demodokos, der daraufhin augenblicklich aufhörte zu singen. Es wurde still im Saal. Alle Augen richteten sich auf meinen Vater und den geheimnisvollen Fremden.

»Ich denke, es ist Zeit, dass du uns deinen Namen nennst«, sagte mein Vater freundlich.

Der Fremde nickte. Er wischte sich die Tränen aus dem Gesicht und stand auf.

»Das hätte ich längst tun sollen«, sagte er mit belegter Stimme. »Ich bin ein unhöflicher Gast. Aber ich befürchtete, dass ihr mir nicht glauben würdet. Doch sei's drum. Mein Name ist Odysseus, der Sohn des Laertes. Ich bin der König von Ithaka und vor zwanzig Jahren aufgebrochen, um mit Agamemnon und den anderen Griechen die schöne Helene zurückzuholen und Troja zu erobern. Das ist uns gelungen. Doch seit zehn Jahren versuche ich, nach Hause zu kommen. Das ist mir leider noch nicht gelungen. Dabei warten dort meine Frau Penelope und mein Sohn Telemachos auf mich. Er war noch ein Baby, als ich nach Troja aufbrach. Ich würde ihn so gerne wiedersehen, ihn und meine liebe Frau, auch wenn ich Telemachos kaum erkennen dürfte, er ist jetzt ja ein junger Mann. Wenn denn beide überhaupt noch am Leben sind …«

Er stockte und kämpfte mit den Tränen.

Ich konnte es nicht glauben: Vor mir stand der große Held Odysseus – und keiner von uns hatte ihn erkannt. Aber woran hätten wir ihn auch erkennen sollen? Seit zwanzig Jahren war er nicht mehr zu Hause gewesen. Was musste er durchgemacht haben? Ich spürte, wie meine Wangen glühten. In diesem Moment merkte ich, dass ich mich in Odysseus verliebt hatte. Ganz furchtbar verliebt. Und mir war gleichzeitig klar, dass meine Liebe vergeblich war und aussichtslos. Ich war viel zu jung für Odysseus, außerdem wollte er nur nach Hause und sehnte sich nach seiner Frau. Was kümmerte ihn so eine junge Prinzessin wie ich, die auf einer abgelegenen Insel lebte? Jetzt stiegen auch mir Tränen in die Augen. Ob aus Mitleid mit Odysseus oder aus Trauer über meine aussichtslose Liebe – ich wusste es nicht.

Mein Vater schaute verwundert zu Odysseus. Dann erhob er sich und legte seinem Gast die Hand auf die Schulter.

»Erzähle uns von deinen Abenteuern, Odysseus. Vielleicht hilft dir das.«

»Das könnte ich tun«, sagte Odysseus. »Ich hoffe, ihr habt etwas Zeit mitgebracht.«

»Die ganze Nacht«, sagte mein Vater. »Und morgen werden dich fünfzig Phaiaken mit einem Schiff nach Hause bringen. Nach Ithaka. Zu deiner Frau und zu deinem Sohn.«

Ein Strahlen huschte über Odysseus' Gesicht. Das erste Mal, seitdem er auf Scheria gelandet war. »Also gut«, sagte er. »Wo soll ich anfangen?«

Die Sonne war schon aufgegangen, als der große Held seine Erzählung beendete. Was für unglaubliche Abenteuer er erlebt hatte! Am nächsten Tag verließ Odysseus unsere Insel. Ich habe ihn nie wieder gesehen. Und ich werde ihn nie vergessen, meine erste große Liebe, die so hoffnungslos war.

ODYSSEUS
Bla BLA Bla
Ich kann tolle Lügengeschichten erzählen!!
Diese Art Mütze heißt Pilos
Mit meinen „Tricks und Listen" täusche ich jeden!
Ich hab echt eine GROSSE Klappe
Auf meinen Vollbart bin ich richtig stolz!
Ich bin ziemlich KRÄFTIG
Der WELTENBUMMLER

DAS BIN ICH

ODYSSEUS

Die Römer nennen mich **ULIXES**

☒ sterblich

☐ unsterblich

ZU MEINER FAMILIE GEHÖREN

mein Vater Laertes, er ist schon ein **alter Mann**. Meine Mutter Antikleia ist bereits gestorben und wandelt als Schatten durch die Unterwelt. Dann natürlich meine treue Frau **Penelope** und mein lieber Sohn Telemachos.

MEINE HEIMAT IST

Ithaka. Das ist eine Kleine Insel vor der griechischen **Westküste**. Allerdings habe ich diese schöne Insel **ZWANZIG** Jahre lang **nicht** gesehen.

DAS KANN ICH BESONDERS GUT

Mir Tricks ausdenken, mit denen ich andere Leute hereinlege. Und anderen Leuten etwas vormachen, ihnen die wildesten Lügengeschichten auftischen. Und bei all dem eine GROSSE KLAPPE riskieren. Ich glaube, ich hätte auch Schauspieler werden können. Oder Erfinder, so wie dieser Daidalos.

DAS MAG ICH GANZ UND GAR NICHT

Heimweh. Ich liebe nämlich meine Heimat, das kleine Ithaka, besonders aber **meine Frau** und **meinen Sohn**. Und kannst du dir vorstellen, wie es ist, 20 **Jahre lang** Heimweh zu haben und sich **jeden** Tag nach seinem Zuhause zu sehnen?

Dies ist meine Geschichte

Also, ich muss es ja zugeben: Ich bin nicht ganz schuldlos daran, dass ich zwanzig Jahre nicht nach Hause konnte. Zuerst war da dieser Krieg um Troja, das wir Griechen zehn Jahre lang belagert haben. Ich ärgere mich noch heute darüber, dass mir der Trick mit dem hölzernen Pferd erst im zehnten Kriegsjahr eingefallen ist. Darauf hätte ich auch eher kommen können, dann hätten wir die Stadt viel früher erobert.

Nachdem wir Troja eingenommen und dort ausgiebig geplündert hatten, sind meine Männer und ich mit unseren Schiffen aufgebrochen. Auf geht's nach Ithaka, so dachte ich damals. Aber es sollte weitere zehn Jahre dauern, bis ich meine geliebte Heimat endlich wiedersah. Wieso ich selbst daran schuld war, möchte ich dir erzählen.

Wir hatten an einer unbekannten Küste haltgemacht. Ich wollte das Land erkunden, vielleicht noch etwas Beute machen. Also nahm ich einen Trupp von zwölf Männern mit, die anderen blieben bei den Schiffen. Nach einigen Stunden stießen wir auf eine gewaltige Höhle, neben deren Eingang ein riesiger Felsbrocken lag. Hundert Männer hätten ihn nicht bewegen können. Neugierig, wie ich nun mal bin, trat ich in die Höhle ein.

Was wir dort sahen, verschlug selbst mir die Sprache. An den Seiten, eingezäunt in hölzernen Pferchen, blökten und meckerten viele Hundert Lämmer und Zicklein. Fein säuberlich nach ihrem Alter getrennt. Hier die ganz kleinen Lämmer, wenige Tage alt, daneben die etwas älteren, dann die schon fast ausgewachsenen. Ebenso waren die kleinen Ziegen eingeteilt. Wer hatte dies gemacht? Ein sorgfältiger Hirte musste das sein. Wir sollten ihn schon bald kennenlernen.

Wir fanden auch große Körbe voller Käse. Und was für riesige Laibe das waren, so groß wie Wagenräder! Ein kräftiger Mann konnte nur mit Müh und Not einen von ihnen in die Höhe heben. Es roch köstlich. Uns lief das Wasser im Mund zusammen, wir hatten seit einer ganzen Weile nichts mehr gegessen.

»Kommt, Männer«, sagte ich. »Lasst uns etwas essen. Der Herr der Höhle scheint nicht da zu sein. Und der Käse hier sieht gut aus.«

Schon oft hatten wir uns in den letzten Jahren genommen, was uns nicht gehörte. Und wenn der Bewohner so unvorsichtig war, seine Höhle offen zu lassen, hatte er doch selber Schuld. Wir gingen in eine Ecke der Höhle, setzten uns auf Schaffelle und aßen. Brot und Wein hatten wir mitgebracht, den Käse nahmen wir uns.

Nicht lange hatten wir beisammengesessen, da schreckten uns Schafe auf, die durch den Höhleneingang hereinkamen. Erst waren es nur wenige, dann wurden es immer mehr, auch Ziegen waren dabei. Uns beachteten sie überhaupt nicht. Und dann kam er.

Mir blieb die Luft weg. Mich kann ja so leicht nichts aus der Fassung bringen, aber so einen gewaltigen Kerl hatte ich noch nie zuvor gesehen. Mit seinem riesigen Körper füllte er fast den gesamten Höhleneingang aus. Ein echter Riese. Er trug ein großes Bündel Holz auf der Schulter und warf es auf den Boden. Dann sah ich etwas, das mir das Blut in den Adern gefrieren ließ: Der Riese hatte nur ein einziges Auge. Es saß mitten in seiner Stirn.

Er hatte uns noch nicht bemerkt. Wir verkrochen uns, so leise es ging, in den hintersten Teil der Höhle. Der riesige Kerl machte sich daran, die Schafe und Ziegen zu melken. Die Mutterschafe führte er in die Pferche zu ihren Lämmern, damit die Kleinen sich satt trinken konnten. Als er seine Arbeit erledigt hatte, entfachte er ein Feuer. Dann ging er zum Eingang. Wir hofften schon, er würde wieder verschwinden und wir könnten fliehen, doch da hatten wir uns zu früh gefreut. Es geschah etwas Unglaubliches! Der einäugige Riese packte den Felsen, der vor der Höhle lag, und verschloss damit den Eingang. Er schob ihn davor, als sei er nicht schwerer als eine Melone. Wir saßen in der Falle.

Der Riese kehrte zurück, warf ein paar Äste ins Feuer – und entdeckte uns.

»Hey, hey!«, rief er mit einer Stimme, die durch die gesamte Höhle dröhnte. »Wer seid ihr? Was macht ihr in meiner Höhle, ihr Winzlinge?«

Ich trat ein paar Schritte vor, schließlich war ich der Chef, meine Gefährten blieben ängstlich hinter mir.

»Wir sind Griechen«, sagte ich. Meine Knie zitterten. »Wir sind mit unseren Schiffen von Troja gekommen. Und wir sind auf dem Weg nach Hause. Dort warten unsere Ehefrauen und Kinder auf uns. Wir kommen als Gäste zu dir, gewaltiger Mann. Beim großen Zeus, dem Gott der Gastfreundschaft, bitte ich dich, uns freundlich aufzunehmen, uns ein Gastgeschenk zu geben und uns mit Speis und Trank zu bewirten.«

Der Riese lachte schallend. »Speis und Trank habt ihr euch schon genommen, ohne mich zu fragen.« Er zeigte auf den angeschnittenen Käselaib. »Doch sag mir, kleiner Grieche, wo sind eure Schiffe?«

Der Kerl hatte Böses im Sinn, das war mir klar. Er schaute mich mit seinem riesigen Auge so durchdringend an, dass mir angst und bange wurde. Dem werde ich nicht die Wahrheit sagen, dachte ich. Wer weiß, was er sonst mit unseren Schiffen anstellt, die an der Küste lagen. Ich blickte zu ihm hinauf.

»Poseidon, der mächtige Gott des Meeres, hat unsere Schiffe zerstört. Nur wir haben überlebt und konnten uns mit Müh und Not an diese Küste retten. Schiffbrüchig und Hilfe suchend bitten wir dich um ein Lager für die Nacht und etwas Proviant für unsere Heimfahrt, auch um ein Gastgeschenk, wie es üblich ist. Doch sag mir deinen Namen, gewaltiger Mann, damit wir wissen, bei wem wir zu Gast sind.«

Eine gute Lüge, oder? Der Riese schien sie geschluckt zu haben.

»Meinen Namen willst du Winzling wissen?«, knurrte er. »Ich heiße Polyphemos. Diesen Namen solltest du dir gut merken, auch wenn du keine Gelegenheit haben wirst, ihn irgendjemandem zu erzählen. So, und jetzt habe ich Hunger.«

Im nächsten Augenblick packte er zwei meiner Männer, hob sie hoch zu seinem grässlichen Maul und verschlang sie mit einem Happs.

»Hat gut geschmeckt.« Der Riese leckte sich die Lippen. »Zum Frühstück werde ich mir die nächsten beiden genehmigen. Wie heißt du eigentlich? Du scheinst der Anführer dieser Zwergentruppe zu sein.«

Ich konnte noch nicht glauben, was eben geschehen war. Die Männer hinter mir wimmerten vor Entsetzen. Wir waren in die Fänge eines Menschenfressers geraten, der genauso dumm wie brutal war. Was sollte ich nur tun? Weiter tricksen und lügen. Und mir dann einen Plan überlegen.

»Ich heiße Niemand«, rief ich dem Riesen zu. »Nenn mich einfach Niemand!«

Keine Ahnung, warum ich mir diesen bescheuerten Namen gegeben hatte. Aber irgendwie hatte ich das Gefühl, dass er mir von Nutzen sein könnte.

Polyphemos lachte. »Du heißt Niemand? Was für ein dämlicher Name. Ich kenne niemanden, der Niemand heißt. Ha, ha, ha. Dich werde ich als Letzten fressen. Vorher alle deine Freunde. Das wird das Gastgeschenk sein, um das du mich gebeten hast.«

Meine Männer schauten mich voller Angst an. Bei allen Göttern, dachte ich. Der Kerl ist eine echte Herausforderung. Dagegen war die Eroberung Trojas ja beinahe ein Kinderspiel. Hier konnte ich nicht zehn Jahre auf die rettende Idee warten. Eile war geboten.

Der grausige Kerl legte sich, als sei nichts geschehen, in einer Ecke der Höhle auf den Boden und schlief sofort ein. Sein dröhnendes Schnarchen hallte von den dunklen Felswänden wider.

Ich knirschte voller Wut mit den Zähnen, langsam gewann ich meine Fassung zurück.

»Ich bring ihn um!« Das war Eurylochos, einer meiner Gefährten. Er trat neben mich.

»Ich bring den Kerl um. Jetzt und sofort.«

Er packte das Schwert, das an seiner Seite hing, und wollte sich auf den schlafenden Einäugigen stürzen.

»Halt!«, rief ich. »Wenn du das Ungeheuer tötest, ist es auch um uns geschehen.«

Er schaute mich wutschnaubend an: »Wie meinst du das?«

»Wir wären dann in dieser Höhle lebendig begraben. Wie sollten wir hinauskommen? Keiner von uns könnte den gewaltigen Stein bewegen, der den Eingang verschließt, auch nicht wir alle zusammen. Das kann nur Polyphemos.«

Eurylochos atmete tief durch und ließ das Schwert sinken.

»Du hast recht«, knurrte er. »Ich hoffe, dir fällt etwas Besseres ein, Chef.«

Die folgende Nacht war die schlimmste meines Lebens. Das Feuer, das der Riese entfacht hatte, war verloschen. Wir saßen in völliger Dunkelheit und bangten um unser Leben. Wer würde als Nächster im Schlund des Riesen landen? Ich grübelte die ganze Nacht lang darüber nach, wie ich uns aus dieser Todesfalle befreien könnte. Ein Pferd aus Holz würde uns hier nicht helfen, so viel war klar.

Die Zeit kroch dahin. Irgendwann wachte der Unhold auf. Ob es schon Morgen war? Er zündete das Feuer an, molk die Schafe und Ziegen, brachte die Mütter zu ihren Lämmern und Zicklein, und packte sich dann, wir konnten gar nicht so schnell gucken, zwei weitere Männer und verspeiste sie schmatzend zum Frühstück. Dann schob er den Felsen aus dem Höhleneingang, trieb die Tiere hinaus und verschloss, kaum waren alle draußen, die Höhle wieder mit dem gewaltigen Brocken. Wir hörten noch sein schäbiges Gelächter: »Bis heute Abend«, brüllte er. »Ich freu mich schon.«

Er hatte das Feuer nicht gelöscht. Wir legten ein paar Scheite nach, sodass wir uns die Höhle genauer anschauen konnten. Mein Blick fiel auf einen gewaltigen Knüppel, der beim Eingang an der Wand lehnte. Er war aus hartem Olivenholz, so lang und so dick wie ein Schiffsmast. Offenbar hatte der Riese ihn erst vor Kurzem gefällt, das Holz war noch frisch. Wollte er sich daraus einen neuen Hirtenstab schnitzen?

Da kam mir endlich die rettende Idee! Wurde aber auch Zeit.

»Männer, kommt schnell her!«, rief ich. »Wir nehmen diesen Baumstamm und spitzen ihn an einer Seite an. Dann härten wir die Spitze in der Glut des Feuers.«

»Was hast du vor?«, fragte Eurylochos. »Gegen Polyphemos kämpfen? Das ist doch Wahnsinn! Diesen Mast können wir kaum alle zusammen halten. Und selbst dann würde der Riese uns das Ding sofort entreißen und uns damit in den Boden rammen.«

»Wart's ab«, sagte ich. »Ihr werdet schon sehen, was ich damit vorhabe.«

Meine Männer taten, was ich befohlen hatte: Sie spitzten den Stamm mit den Werkzeugen, die wir in der Höhle fanden, und härteten ihn danach im Feuer. Dann versteckten wir ihn unter dem großen Misthaufen, der neben den Pferchen lag. Schließlich wählte ich vier Männer aus, die mit mir das Ding drehen sollten.

Die Stunden vergingen. Es musste wieder Abend geworden sein. Der Riese kehrte zurück, wälzte den Felsen vom Eingang, trieb die Schafe und Ziegen herein und verschloss die Höhle wieder. Dann molk er die Tiere, führte die Mütter zu ihren Lämmern und Zicklein und fraß zwei weitere Gefährten zum Abendbrot. Als er sich gerade schlafen legen wollte, ging ich zu ihm. Ich hatte mir unseren Weinschlauch über die Schulter gelegt, in der Hand hielt ich einen hölzernen Becher.

»Das solltest du einmal probieren«, sagte ich zu dem Riesen. »Schmeckt hervorragend zu Menschenfleisch.«

»Was ist das?«, knurrte Polyphemos. »Niemand will mich wohl vergiften.«

»Wie kommst du darauf? Niemand will dich nicht vergiften. Also, ich meine: Ich will dich nicht vergiften. Das ist Wein, ehrwürdiger Polyphemos, köstlicher Rebensaft. Wir Griechen genießen ihn zu jeder Mahlzeit. Hier, koste. Dieser Saft erfrischt Geist und Glieder.«

Ich goss einen Becher voll und reichte ihn dem Unhold. Polyphemos nahm den Becher (er war für ihn kaum so groß wie ein Fingerhut), schnupperte daran – und trank ihn in einem Zug leer.

»Wirklich köstlich«, knurrte er. »Offenbar will mich Niemand nicht vergiften, ha ha! Gib mir den ganzen Schlauch!« Er riss mir den Schlauch von der Schulter und soff ihn gurgelnd aus. Danach rülpste er so laut, dass die Höhle erdröhnte, streckte sich lang auf der Erde aus und drehte sich auf die Seite. Im nächsten Moment hörten wir ihn schnarchen.

Ich rieb mir die Hände. »Das wäre geschafft. Jetzt holt den Stamm aus dem Misthaufen!«

Die Männer zogen die gewaltige Lanze aus dem stinkenden Mist, zwei Männer hinten, zwei in der Mitte, ich selbst packte die schwarze Spitze.

»Wir werden dem Kerl das Auge ausstechen«, raunte ich. »Er liegt auf der Seite, seht ihr? Und er wird so schnell nicht aufwachen, dafür ist er viel zu betrunken.«

Die Männer schauten mich fragend an.

»Wieso das Auge ausstechen?«, fragte einer. »Welchen Vorteil sollte uns das bringen? Auch als blinder Riese würde er uns nicht verschonen.«

»Ihr werdet schon sehen«, entgegnete ich. »Vertraut mir einfach!«

Wir gingen zu dem schlafenden Ungetüm, den Stamm auf den Schultern. Das riesige, hässliche Gesicht des Unholds lag direkt vor uns, sein Mund war halb geöffnet. Mein Magen zog sich zusammen: Aus dem Maul des Riesen tropfte rote Spucke auf den Höhlenboden. Ob der Wein oder das Blut meiner Gefährten sie gefärbt hatte, wollte ich gar nicht wissen.

Da gab ich das Kommando: »Stoßt zu!«

Wir rammten den spitzen Baumstamm mitten in das schlafende Auge des Riesen.

»Fester«, schrie ich. »Und drehen, drehen, feste drehen!«

Ich drückte und drehte den Stamm, so fest ich nur konnte, meine Gefährten ebenso, aber wir konnten nicht hinsehen, zu grässlich war der Anblick des blutenden Riesenauges.

Im nächsten Augenblick erfüllte ein markerschütternder Schrei die Höhle. Der Schmerz hatte Polyphemos geweckt. Wir stürzten nach hinten, ließen den Stamm fallen, hielten uns die Ohren zu und brachten uns in Sicherheit. Nur nicht in der Reichweite des Riesen bleiben! Der war aufgesprungen, schlug wild um sich und brüllte und brüllte und brüllte.

»Hilfe, kommt mir zu Hilfe, ihr anderen Kyklopen! Etwas Furchtbares ist geschehen, ein gemeiner Frevel, eine schreckliche Untat. Zu Hilfe, ich kann den Schmerz kaum ertragen.«

Er sackte auf die Knie, hielt sich die Hände vor das zerstochene Auge und begann zu wimmern. Wen hatte er da gerufen? Kyklopen? Gab es etwa noch mehr von diesen einäugigen Unholden?

Es dauerte nicht lange, da hörten wir vor dem Höhleneingang Geräusche, stampfende Schritte, Gemurmel und Gebrüll. Plötzlich rief eine tiefe Stimme: »Was ist los, Polyphemos? Warum brüllst du so laut mitten in der Nacht? Warum hast du uns geweckt? Ist ein Räuber in deiner Höhle, der dir die Schafe und Ziegen stiehlt?«

Polyphemos richtete sich auf, die Hände immer noch vor seinem blutenden Auge: »Oh ja!«, schrie er. »Das kann ich euch sagen: Niemand ist in meine Höhle eingedrungen. Niemand will mir bestimmt auch meine Schafe rauben. Und das Allerschlimmste: Niemand hat mir mein Auge ausgestochen, Niemand hat mich geblendet! Oh weh, oh weh!« Er sackte wieder auf die Knie und krümmte sich vor Schmerzen.

Von draußen hörten wir die anderen Kyklopen lachen. »Polyphemos, dieser Holzkopf«, sagte eine Stimme. »Macht blöde Witze und hält uns zum Narren.«

Ein anderer Kyklop rief: »Wenn niemand in deiner Höhle ist, wenn niemand dich berauben will und wenn niemand dir das Auge ausgestochen hat, dann müssen wir uns ja auch keine Sorgen machen. Kommt, Freunde, wir gehen.«

»Bleibt hier!«, schrie Polyphemos. »Wälzt den Stein vom Eingang! Ich bin hier nicht allein. Niemand ist hier mit seinen Gefährten. Niemand hat mich mit einem gemeinen Trick hereingelegt. Niemand hat mir das Auge ausgestochen. Ich bin blind und hilflos.«

»Du hast nicht dein Auge verloren, sondern deinen Verstand«, rief ein Kyklop von draußen. »Wir gehen zurück in unsere Höhlen.«

Wir hörten schwere Schritte, die sich entfernten.

Bei allen Göttern, dachte ich, wie dumm kann man sein! Der Riese war tatsächlich auf den Namen hereingefallen. Und die anderen Kyklopen auch.

Polyphemos krabbelte auf allen vieren tastend bis zum Eingang. Dort saß er den Rest der Nacht, immer wieder laut jammernd, sein trauriges Geschick beklagend und böse Flüche in unsere Richtung ausstoßend.

»Hey, Niemand!«, brüllte er. »Hörst du mich? Du kommst hier nicht raus, dafür werde ich sorgen. Und wenn ich dich zu fassen kriege, dann werden dir sämtliche Götter des Olymp nicht mehr helfen können, darauf kannst du dich verlassen!« Dabei ballte er drohend seine gewaltigen Fäuste.

Doch ich wusste schon, wie wir unbemerkt hinauskommen konnten, ohne dass uns Verbliebenen etwas geschah. Eine weitere List musste her, eine List, wie sie sich nur Odysseus von Ithaka ausdenken konnte!

Jeder von uns band drei kräftige Widder aneinander, die ledernen Riemen fanden wir in der Höhle. Und am nächsten Morgen, als Polyphemos den Felsen vom Eingang wälzte, klammerten wir uns unter die wolligen Bäuche dieses Dreiergespanns und hielten uns an den Riemen fest. Die Tiere strömten nach draußen, der Riese betastete ihre Rücken, weil er glaubte, wir würden versuchen, zwischen oder auf ihnen hinauszugelangen. Aber unter die Tiere zu fassen, daran dachte der Dummkopf nicht. So gelangten wir sieben, die der Unhold übrig gelassen hatte, unversehrt ins Freie.

Die übrigen Gefährten empfingen uns auf unseren Schiffen. Wir machten uns sogleich an die Arbeit, hissten die Segel, ließen die Ruder zu Wasser. Doch gerade, als wir ablegten, sahen wir den blinden Riesen am Ufer auftauchen. Wie hatte er es dorthin geschafft? Der Unhold brüllte und schrie fürchterlich. Aber er konnte uns ja nicht sehen. Und da passierte es – ich wurde übermütig.

»Hey, Polyphemos!«, rief ich. »Was willst du hier? Suchst du den Niemand? Hier bin ich. Kannst du mich etwa nicht sehen? Aber hören kannst du mich, oder? Was ist denn mit deinem Auge passiert? Hast du es etwa verloren? Dumme Sache das, oder?«

Meine Männer schauten mich entgeistert an.

»Sag mir endlich deinen Namen!«, brüllte der Riese in unsere Richtung. »Sag mir endlich deinen richtigen Namen, du elender Zwerg!«

»Sag ihn nicht!«, riefen meine Männer mir zu. Sie legten sich mit aller Kraft in die Riemen, um diesen Küstenstrich, an dem der Riese voller Wut seine Fäuste schwang, möglichst schnell zu verlassen.

»Du hast das Gastrecht mit Füßen getreten!«, rief ich dem Riesen zu. »Du hast deine Gäste gefressen, du Ungeheuer, und damit Zeus, dem Beschützer des Gastrechts, böses Unrecht angetan. Was dir geschehen ist, ist dir zu Recht geschehen.«

»Sag mir endlich deinen Namen!«, brüllte der Riese gegen das brausende Meer. Dabei hob er einen Felsbrocken auf, dessen Anblick mich erschaudern ließ. »Sag ihn mir!«

»Meinen Namen willst du wissen?«, rief ich. »Ich heiße Odysseus, der Sohn des Laertes. Man nennt mich den Listenreichen, den Verschlagenen, den Städtezerstörer. Meine List hat Troja zu Fall gebracht und dich mit einer gerechten Strafe geschlagen!«

Da schleuderte Polyphemos den Felsbrocken in unsere Richtung. Er schlug dicht neben dem Steuerruder ins Meer und ließ unser Schiff fürchterlich hin und her schaukeln.

»Verflucht seist du, Odysseus, Sohn des Laertes!« Der Riese sank auf die Knie und hob seine Hände zum Himmel. »Ich flehe dich an, Vater Poseidon. Lass Odysseus niemals in seine Heimat zurückkehren! Verschlinge ihn und seine Gefährten mit deinen Fluten! Doch wenn dir das nicht möglich ist, wenn ihr Himmlischen ihn am Leben lassen wollt, dann lass ihn lange Irrfahrten, lass ihn die größten Qualen durchleiden, bevor er im Elend, allein, geschunden und als geschlagener Mann zu den Seinen zurückkehrt und dort nur Jammer und Trübsal vorfindet.«

Der Meeresgott Poseidon war der Vater dieses Scheusals? Mir fuhr ein gewaltiger Schreck in die Glieder. Oh Mann, wenn ich das vorher gewusst hätte, hätte ich vielleicht meine große Klappe gehalten. Vielleicht …

In den folgenden Jahren hat Poseidon alles darangesetzt, meine Rückkehr nach Ithaka zu verhindern. Mein Übermut hat alle meine Männer ins Verderben gerissen. Nach unzähligen Abenteuern hat Poseidon schließlich unsere Schiffe in einem Seesturm zerstört, meine Gefährten erbarmungslos in seine Fluten gezerrt. Daran bin ich nicht ganz schuldlos, muss ich zugeben. Nur mich selbst ließ er am Leben, elend, gebrochen und geschunden, so wie Polyphemos es sich gewünscht hatte. Mit letzter Kraft konnte ich mich auf die Insel Ogygia retten. Dort nahm mich die Nymphe Kalypso gastfreundlich auf – und hielt mich sieben Jahre wie einen Gefangenen. Immer wieder flehte ich sie an, mich gehen zu lassen. Doch sie hatte kein Einsehen. Ich hatte die Hoffnung schon aufgegeben, als eines Tages wie aus dem Nichts Hermes auf Ogygia erschien und Kalypso befahl, mich freizulassen. So hätte Zeus es bestimmt. Hatte Poseidon auf einmal nichts mehr gegen meine Rückkehr einzuwenden? Das konnte ich mir eigentlich nicht vorstellen. Aber ich vertraute auf den Befehl des Götterkönigs. Kalypso war traurig, konnte aber nichts machen. Also baute ich mir ein Floß, stattete es mit Wasser und Vorräten aus und verließ Ogygia. Nach siebzehn Tagen geriet ich mal wieder in einen Seesturm, und ich vermute, dass es wieder Poseidon war, der ein letztes Mal versuchte, meine Heimkehr zu verhindern. Ich verlor mein Floß, trieb tagelang durch die graue Salzflut und schwamm schließlich mit letzter Kraft auf die Insel Scheria, wo die Prinzessin Nausikaa mich nackt am Strand fand. Die Phaiaken, die auf Scheria lebten, brachten mich schließlich nach Ithaka. Nur da gab es zunächst mal alles andere als ein fröhliches Wiedersehen. Aber das will dir meine Frau Penelope erzählen.

ORPHEUS
Ich verzaubere alle mit meiner Musik
Häufig trage ich eine Phrygische Mütze
Ich bin ein echter STAR
Ohne meine LYRA gehe ich nirgendwohin
DAUERND werfen Leute Sachen auf die Bühne!
??
THE VOICE OF GRIECHENLAND

DAS BIN ICH

ORPHEUS

Die Römer nennen mich genauso

☒ Sterblich

☐ unsterblich

ZU MEINER FAMILIE GEHÖREN

auf jeden Fall meine Mutter Kalliope, sie ist eine der neun Musen. Wer mein Vater ist, darüber hüllt sich meine Mutter in Schweigen. Ich vermute aber, es ist Apollon, der Gott der Musik. Und natürlich gehört Eurydike zu meiner Familie, meine über alles geliebte Frau.

MEINE HEIMAT IST

das **Rhodopegebirge** in Thrakien, das liegt im Norden Griechenlands. **Dort** bin ich geboren und aufgewachsen.

DAS KANN ICH BESONDERS GUT

Ich bin ein Star, der GRÖSSTE Sänger aller Zeiten. Mit meinen Liedern kann ich nicht nur die Menschen betören, sondern auch die TIERE in meinen Bann ziehen. Oft kommt es vor, dass sich Dutzende von TIEREN um mich herum versammeln. Da liegt dann der WOLF neben dem Schaf, der LÖWE neben dem Reh, die Schlange neben der MAUS – und alle Kuscheln sich aneinander und lauschen meiner Musik, ohne sich gegenseitig aufzufressen. Manchmal kommen auch Steine und Bäume, um mir zuzuhören. Einmal, bei einem besonders traurigen Lied, fingen 2 harte Granitbrocken an zu weinen. Das hättest du sehen sollen: zwei **heulende Felsen!**

DAS MAG ICH GANZ UND GAR NICHT

Von meiner Frau Eurydike getrennt zu sein, das finde ich GANZ furchtbar.

Dies ist meine Geschichte

Magst du Geschichten, die traurig sind und spannend und zwischendurch ganz schön gruselig? Und die zum Schluss ein Happy End haben? Dann lies weiter!

Wie gesagt, ich bin ein großer Star. Der größte, um genau zu sein. Alle Mädchen und Frauen, alle Nymphen und wohl auch die ein oder andere Göttin sind in mich verliebt. Oder sie waren es, um genau zu sein, bis ich … Aber das erzähle ich dir gleich. Es war schon reichlich lästig, besonders dieses endlose Gekreische bei meinen Konzerten, die zahllosen Kuscheltiere, die auf die Bühne flogen, die ohnmächtigen Nymphen, die an die Seite getragen wurden …

Aber ich wollte von diesen unzähligen Verehrerinnen nichts wissen. Ich war nämlich total verknallt in Eurydike, eine wunderschöne Nymphe, ein ziemlich heißer Feger aus den Wäldern meiner Heimat. Sie hatte ich bei einem meiner Spaziergänge kennengelernt, als ich mit meiner Lyra im Arm singend durch die Gegend zog. Sie verliebte sich auch in mich. Das überraschte mich nicht, das hatten ja bisher alle Frauen getan. Wir beschlossen zu heiraten, doch offenbar hatten die Götter etwas dagegen: Ein Uhu ließ sich am Morgen unseres Hochzeitstages auf dem First meines Hauses nieder und sang sein schauriges Lied. Wir Griechen glauben, dass dieser Vogel Unglück bringt. Auch die Fackeln, die wir bei der Feier entzündeten, wollten nicht so recht brennen. Sie zischten und qualmten nur. Unsere Gäste schauten besorgt, als ich Eurydike zwischen den zischenden Fackeln hindurch in mein Haus führte.

Nach dem Festmahl spielte meine junge Frau mit befreundeten Nymphen auf einer Wiese hinter meinem Haus. Ich selbst stand mit anderen Gästen ganz in der Nähe, schlürfte vergnügt einen Cocktail – da geschah es: Eurydike trat auf eine giftige Schlange, die verborgen im Gras lag, schrie laut auf und brach gleich darauf zusammen. Ich eilte sofort zu ihr, konnte ihr aber nicht mehr helfen: An unserem Hochzeitstag starb sie in meinen Armen.

Kannst du dir einen schlimmeren Tag vorstellen? Unsere Gäste waren genauso fertig wie ich. Sie versuchten mich zu trösten: Ich sei noch jung, würde bald eine andere Frau finden, es gebe doch so viele, alle seien sie in mich verliebt, ich müsste mir nur eine aussuchen. Aber das wollte ich nicht hören. Ich liebte doch nur meine Eurydike!

Nach ihrer Beerdigung fasste ich einen Entschluss. Ich hatte mir eine echt krasse Nummer überlegt: Ich wollte zu Hades und Persephone in die Unterwelt gehen, ihnen eine schmalztriefende Schnulze vorspielen und sie dann bitten, mir Eurydike zurückzugeben. Ich bin ein Star, die hol ich da raus, dachte ich. Bei meinen Liebesliedern ist bisher noch jeder weich geworden.

Glücklicherweise fand ich einen Eingang in das finstere Reich der Schatten (eine Nymphe, Eurydikes Schwester, hatte mir einen Tipp gegeben). Ich nahm meine Lyra und stieg hinunter, immer tiefer und tiefer in die Erde hinein. Irgendwann hatte ich den Acheron erreicht. Das ist ein Fluss, den die Schatten der Toten überwinden müssen, um in die eigentliche Unterwelt zu gelangen. Die einzige Möglichkeit, ihn zu überqueren, ist ein kleines Boot, das der grausige Fährmann Charon rudert.

Als er mich am Ufer sah, fuhr er mich mit seiner tiefen Stimme an: »Was willst du? Lebende haben hier nichts zu suchen. Verschwinde oder ich werde dir Beine machen!« Dabei hob er drohend seine Faust.

Damit hatte ich gerechnet. Und darauf war ich vorbereitet. Ich habe ja mehr als eine Schnulze im Repertoire. Ich sagte nichts, setzte mich stattdessen auf den Boden, stimmte meine Lyra und begann ein Lied zu singen. Es handelte von einem Fährmann, der sich unsterblich in ein schönes Mädchen verliebt, das er täglich über seinen Fluss fährt. Das Mädchen erwidert seine Liebe aber nicht. Der Fährmann ist darüber so verzweifelt, dass er sich eines Tages in die Fluten seines Flusses stürzt und ertrinkt.

Als das Lied zu Ende war, blickte ich zu Charon. Ja, es hatte geklappt: Charon saß auf der Ruderbank seines Bootes und schluchzte vor Rührung. Mit seinem schwarzen Umhang wischte er sich die Tränen aus dem Gesicht und fragte mit belegter Stimme: »Möchtest du auf die andere Seite?«

Ich nickte.

»Dann komm«, sagte er. »Ausnahmsweise. Auch ohne Obolus. Aber du machst hier unten keinen Ärger, verstanden? «

»Geht klar«, sagte ich. »Ich möchte nur meine Frau zurück.«

»Das musst du mit dem Chef besprechen«, entgegnete Charon. »Und mit der Chefin. Du findest sie in der großen Halle. Ich bring dich hinüber und werde dir den Weg beschreiben. Steig ins Boot. Ihr anderen müsst warten!« Er schaute die Schatten grimmig an, die ungeduldig hinter mir standen. »Ihr habt ja noch ewig Zeit.«

Das war ein unheimlicher Weg, das kann ich dir sagen. Überall waren Schatten, die um mich herumstrichen und mich neugierig anschauten. Neugierig und neidisch. Sie wären wohl auch noch gerne so lebendig gewesen wie ich. Bei einigen hatte ich den Eindruck, als wollten sie ein Autogramm von mir. Wahrscheinlich kannten sie mich noch aus der Oberwelt. Aber dafür hatte ich nun echt keine Zeit, außerdem nichts zu schreiben dabei …

Endlich hatte ich die große Halle erreicht. Sie war gewaltig hoch, ich konnte ihre Decke nicht sehen. Hier war es etwas heller, sodass ich mehr erkennen konnte. Hades und Persephone saßen auf der anderen Seite auf ihren Thronen. Sie schauten mich überrascht an. Meine Knie zitterten, als ich wenige Schritte vor ihnen haltmachte. Ich verbeugte mich und kam gleich zur Sache:

»Verehrte Hoheiten, mein Name ist Orpheus. In der Oberwelt bin ich ein Megasuperstar. Man nennt mich dort THE VOICE.«

Hades und Persephone schauten mich stirnrunzelnd an, sagten aber kein Wort. Es war sowieso ziemlich still hier unten. Die unzähligen Schatten, die sich allmählich hinter mir versammelten, sprachen nicht viel. Und wenn, dann nur im Flüsterton.

»Euer Reich ist bestimmt ganz toll«, fuhr ich fort, »aber das möchte ich mir gar nicht ansehen. Jedenfalls jetzt noch nicht. Ich will hier auch niemanden entführen, weder Kerberos noch dich, verehrte Königin.«

Persephone guckte überrascht, Hades schnaufte grimmig. Ich sollte nicht so dummes Zeug reden, dachte ich.

»Ich bin gekommen, um euch eine kleine Privatvorstellung zu geben. Und um meine liebe Ehefrau Eurydike zurückzuholen. Eine Giftschlange hat ihr junges Leben viel zu früh beendet. Ich habe versucht, damit fertigzuwerden, an was anderes zu denken. Aber es geht einfach nicht. Zu groß ist meine Liebe zu ihr. Ihr könnt das doch verstehen, oder? Schließlich hat euch auch die Liebe zusammengeführt.«

Hades lächelte und nickte, Persephone verzog das Gesicht.

»Dann versteht ihr, wie groß die Macht der Liebe ist. Eurydike wird früher oder später sowieso zu euch kommen, auf die paar Jahre mehr oder weniger kommt es doch nicht an. Alle Menschen kommen zu euch, ihr seid ja die mächtigsten Gottheiten. Gebt sie mir zurück, ich flehe euch an.« An dieser Stelle fiel ich auf die Knie. Das tue ich auch bei meinen Konzerten bei besonders dramatischen Liedern. »Und damit ihr wisst, wie groß die Liebe zwischen mir und Eurydike ist, möchte ich euch dieses Lied vorsingen.«

Ich holte mein Plektron hervor und begann auf meiner Lyra zu spielen. Es war ein Lied, das ich kurz vor unserer Hochzeit für Eurydike gedichtet hatte. Ich wollte es ihr am Abend unseres Hochzeitstages vorsingen, doch dazu war es leider nicht mehr gekommen. Es handelte von zwei Verliebten, einem Sänger und einer Nymphe, deren Liebe so unendlich groß ist, dass selbst die Götter des Olymp sie beneiden. Das Lied hatte viele Strophen, ich konnte sie alle auswendig. Und ich sang so gefühlvoll, so leidenschaftlich, wie ich noch nie zuvor gesungen hatte. Wahrscheinlich war das die beste Performance, die ich jemals abgeliefert hatte. Irgendwie schade, dass nur so trübsinnige Zuschauer dabei waren. Echte Konzertstimmung wollte da unten nicht aufkommen. Es gab keinen Applaus, kein Gejohle und Gekreische, keine fliegenden Kuscheltierchen.

Als der letzte Ton verklungen war, war es zunächst totenstill. Ich stand auf und schaute gespannt zu Hades und Persephone. Die Königin schnäuzte sich in ihr schwarzes Taschentuch, der König war ganz blass geworden und hatte feuchte Augen. Da erst bemerkte ich die Furien, diese spaßbefreiten Rachegeister, die den Menschen das Leben zur Hölle machen können. Sie standen hinter den beiden Thronen und schluchzten hemmungslos vor sich hin.

»Also gut«, knurrte Hades und räusperte sich. »Du kannst sie mitnehmen. Die Macht der Liebe … ja, ja. Dein Lied war einfach zu schön.« Er seufzte schwer. »Aber eine Bedingung stelle ich dir: Du darfst dich nicht zu deiner Frau umdrehen. Eurydikes Schatten wird auf dem Rückweg hinter dir hergehen. Erst dann, wenn ihr die Oberwelt erreicht habt, darfst du sie anschauen. Solltest du dich nicht beherrschen können, hast du sie nicht verdient. Dann wird sie in mein Reich zurückgleiten. Vertraue mir und beherrsche dich: Eine zweite Chance wirst du nicht bekommen.«

»Das sollte zu schaffen sein«, sagte ich. »Wo ist sie denn?«

»Hinter dir«, sagte Persephone und steckte ihr Taschentuch zurück in den Umhang.

Ich wollte mich gerade umschauen, konnte mich aber im letzten Moment zurückhalten.

»Da geht's hinaus«, sagte Hades und wies auf den Ausgang aus der riesigen Halle.

»Habt herzlichen Dank, ihr tödlichen Hoheiten«, sagte ich, stand auf und machte mich auf den Weg.

Bloß nicht umdrehen, dachte ich. Cool bleiben und auf keinen Fall umdrehen! Der Weg war lang und dunkel und gesäumt von unzähligen Schatten, die uns aus dunklen Augen wortlos anstarrten.

Und wenn sie nun gar nicht hinter mir ist?, fragte ich mich immer wieder. Natürlich ist sie hinter mir, Hades hatte es doch gesagt. Ich musste ihm vertrauen. Doch mit jedem Schritt wuchsen meine Zweifel. Ich konnte Eurydike ja nicht sehen. Und auch nicht hören. Schließlich erreichte ich den Acheron und winkte dem Fährmann zu. Charon ließ mich auf sein Boot. Auch hier schaute ich mich nicht um. War Eurydike auch an Bord? Ich traute mich nicht, Charon zu fragen. Er schaute grimmig drein (sein Gesicht war immer noch verheult), während er wortlos über das schwarze Wasser ruderte.

Dann kam diese asig lange Treppe, die hinauf ins Licht führt. Die ganze Zeit über hatte ich keinen Schritt hinter mir gehört. Da packte mich die Panik. Die haben mich reingelegt, dachte ich, als ich schon über hundert Stufen hinaufgestiegen war. Dem Totengott kann man nicht trauen. Hinter mir ist niemand!

Da drehte ich mich um – und sah Eurydikes Schatten direkt hinter mir! Sie schaute mich mit weit aufgerissenen Augen an. Was hast du getan?, schien sie mich fragen zu wollen. Doch schon glitt sie zurück. Ich versuchte sie zu halten. Vergeblich. Schon war der Schatten verschwunden, zurückgeglitten in das Reich des Todes.

Ich raste hinterher, nahm immer drei Stufen auf einmal. Atemlos stand ich am Ufer des Acheron und winkte Charon zu. Doch der ignorierte mich, schenkte mir keinen Blick, reagierte nicht auf mein Bitten und Betteln, ließ stattdessen namenlose Schatten auf sein Boot und brachte sie ans andere Ufer. Ich fiel verzweifelt auf die Knie und konnte mein Unglück nicht fassen. Was hatte ich nur getan? Wir waren doch schon fast oben!

Ich weiß heute nicht mehr, wie lange ich dort unten geblieben bin, wie lange ich geflennt und mit den Fäusten auf den Boden getrommelt habe. Irgendwann schleppte ich mich zurück auf die Oberwelt, ein gebrochener Mann. Ich war völlig bedient, fertiger als fertig, das kannst du mir glauben. Meine Lieder, meine Stimme, meine Karriere, meine Fans – mir war das alles so was von egal. Ich zerfloss in Selbstmitleid und sehnte mich so nach meiner Eurydike!

Auf der Oberwelt führte ich einige Jahre lang ein unglückliches Leben. Ich mied die Dörfer und Städte der Menschen, zog mich stattdessen in die Wälder Thrakiens zurück und spielte dort nur noch für die Pflanzen und die Tiere. Eines Tages wurde ich von einer Meute rasender Frauen umgebracht. Sie waren so wütend, weil ich sie alle abgewiesen hatte, wohl mit recht deutlichen Worten, weil ich keine von ihnen heiraten wollte. Dass sie aber deswegen gleich so durchdrehen mussten …

Auf jeden Fall zog ich daraufhin in die Unterwelt ein, konnte es kaum erwarten, von Charon endlich über den Fluss gesetzt zu werden. Diesmal hatte ich auch den Obolus dabei, die kleine Münze, mit der man den Fährmann bezahlen muss. Ich glaube, Charon hat mich nicht wiedererkannt so als Schatten. Dann raste ich zu Hades, fragte ihn nach Eurydike – und fand sie schließlich wieder.

Seitdem spazieren wir tagein, tagaus durch die dunklen Gärten der Unterwelt, spielen mit den Furien Verstecken, füttern Kerberos, schauen Sisyphos bei seiner Arbeit zu, plauschen leise mit den anderen Schatten. Und hin und wieder gebe ich hier auch Konzerte, Hades und Persephone hatten mich darum gebeten, und spiele meine größten Hits. Die Schatten wiegen sich dann Arm in Arm im Takt meiner Musik und summen leise mit. Aber das Schönste ist: Nichts und niemand auf und unter der Erde kann mich mehr von meiner Eurydike trennen. Kein Unglück, keine Schlange, nicht einmal der Tod. Für alle Ewigkeit. Das ist doch ein echtes Happy End, findest du nicht?

PENELOPE
Das wird mal ein TUCH!
... Sollte es irgendwann fertig werden...
Ich bin eine Echte Königin
Ich bin eine Frau in den BESTEN Jahren
Im Warten habe ich viiiel Übung!
Mit Weben vertreibe ich mir die Wartezeit
DIE TREUE EHEFRAU

DAS BIN ICH

PENELOPE

Bei den Römern heiße ich ganz genauso

☒ Sterblich

☐ unsterblich

ZU MEINER FAMILIE GEHÖREN

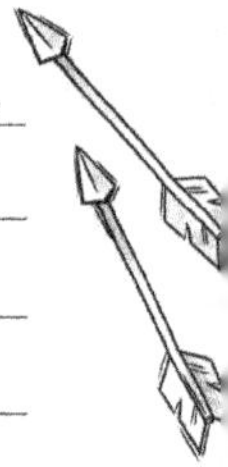

mein Mann Odysseus und unser Sohn TELEMACHOS. Doch kurz **nach** dessen Geburt war Odysseus zu diesem unsäglichen **KRIEG** um Troja aufgebrochen, der 10 **ganze Jahre** dauern sollte. Danach hat er **noch einmal** 10 Jahre gebraucht, um wieder **nach Hause** zu kommen. Telemachos ist also **ganz** ohne VATER aufgewachsen, und ich musste 20 Jahre lang ohne meinen EHEMANN zurechtkommen.

MEINE HEIMAT IST

Ithaka, eine kleine Insel vor der griechischen Nordwestküste. Dort herrsche ich als Königin. Und mein Mann als König, **wenn** er denn mal da ist.

DAS KANN ICH BESONDERS GUT

Auf meinen Mann warten.

DAS MAG ICH GANZ UND GAR NICHT

Auf meinen "MANN" warten.

Dies ist meine Geschichte

Volle zwanzig Jahre habe ich auf meinen Mann gewartet. Andere Frauen hätten wohl nicht so viel Geduld gehabt und sich irgendwann einen neuen gesucht. Als Odysseus noch mit seinen Männern vor Troja lagerte und dort Krieg führte, hat er ja wenigstens ab und zu mal einen Brief geschrieben, sodass ich wusste, dass er noch am Leben war. In einem seiner letzten Briefe hatte er mir ganz stolz von seiner Idee mit dem hölzernen Pferd erzählt. »Damit werden wir die Trojaner austricksen«, hatte er geschrieben, »die Stadt erobern und reiche Beute machen. Und danach komme ich gleich nach Hause, mein Schatz.«

Von wegen gleich nach Hause! Danach habe ich nichts mehr von ihm gehört, obwohl mir andere Griechen, die unsere Insel besuchten, versicherten, dass er nach der Eroberung Trojas tatsächlich in See gestochen sei und Kurs auf Ithaka gehalten habe. Aber irgendetwas musste ihn aufgehalten haben. Ich vermute, dass ihn der Übermut gepackt und er sich, ohne nachzudenken, in irgendein Abenteuer gestürzt hat. Gerüchteweise kam mir zu Ohren, dass er sich mit einem Kyklopen angelegt hätte, aber Genaues wusste keiner.

Kein Brief kam mehr nach Ithaka, keine zuverlässige Nachricht, nur manchmal ein vages Gerücht oder verrückte Geschichten von Seeungeheuern, einer Zauberin, singenden Sirenen und einer schönen Nymphe, die Odysseus angeblich auf ihrer Insel festhalten würde.

Die Jahre zogen ins Land, unser kleiner Sohn wurde zu einem jungen Mann, doch von Odysseus keine Spur. Sollte ich ihn aufgeben? Einen anderen Mann heiraten? Ich wusste es nicht. Wenn ich ehrlich bin, glaubte ich damals nicht mehr an seine Rückkehr. Doch ihn endgültig verloren zu geben, dazu fehlte mir die Kraft. Und wohl auch der Mut.

Fast alle, mit denen ich sprach, waren sich sicher, dass Odysseus tot sei. Sonst hätte er doch irgendein Lebenszeichen nach Ithaka geschickt, sagten sie immer wieder. Ich nickte dann jedes Mal und wollte es doch nicht wahrhaben. Bis zu dem Tag, an dem dieser alte Bettler in unseren Palast kam. Von diesem Tag möchte ich dir erzählen.

Zwanzig Jahre lang herrschte ich alleine über Ithaka, schließlich bin ich die Königin dieser Insel. Dass der Platz neben mir auf dem Thron schon lange frei war, war ja kein Geheimnis. Und als Odysseus sich auch im zwanzigsten Jahr nicht zu Hause blicken ließ, dachten viele Männer, dass sie seinen Platz einnehmen und selbst König werden könnten. Dafür mussten sie nur eine Sache tun, nämlich mich heiraten. Sie kamen darum in unseren Palast und hielten um meine Hand an. Zuerst nur wenige, dann wurden es immer mehr, schließlich waren es einige Dutzend, ich habe irgendwann aufgehört, sie zu zählen.

Diese Freier durfte ich nicht abweisen, ich musste sie bewirten, das gebieten die Gesetze der Gastfreundschaft. Aber sollte ich tatsächlich einen von ihnen heiraten? Ich konnte mich noch nicht dazu durchringen und vertröstete die Männer. Ihnen fehlte es an nichts, sie schmausten und feierten jeden Tag in unserem Palast, und ich sagte ihnen immer wieder, dass ich noch etwas Zeit bräuchte. Ich würde mir bald einen neuen Ehemann aussuchen, doch vorher müsste ich das Leichentuch für meinen Schwiegervater Laertes fertig weben. Laertes war schon ein alter Mann, musst du wissen, wir rechneten bald mit seinem Tod. Um meine Entscheidung aber noch weiter hinauszuzögern, habe ich jede Nacht das, was ich am Tag gewebt hatte, wieder aufgetrennt. So konnte ich die Freier hinhalten. Aber irgendwann haben sie diesen Trick natürlich durchschaut und drängten auf meine Entscheidung. Und dann kam dieser Bettler in unser Haus.

Ja, dieser Bettler ... Was für ein hässlicher Kerl das war! Er trug die ältesten Lumpen, war unrasiert und stank zum Himmel. Seine Haut war faltig wie die Rinde einer Eiche, seine Zähne verfault, seine Glatze glänzte wie ein blank polierter Spiegel.

Eumaios, unser treuer Schweinehirt, führte ihn eines Tages in den großen Saal unseres Palastes, wo die Freier ihre Feste feierten und sich von meinen Sklavinnen allerlei Leckereien auftischen ließen. Es gab Brot, Fleisch und Wein in Hülle und Fülle. Ein Sänger sang seine Lieder, die Freier aßen und zechten und warteten darauf, dass ich mich endlich entscheiden würde.

Ich saß wie so oft am Webstuhl am Rande des Saales und beobachtete die beiden, als sie durch die offene Tür kamen. Es ist bei uns gute Sitte, dass ein reiches Haus einem Bettler Speis und Trank und einen Schlafplatz für die Nacht gibt. Die Freier sahen das allerdings anders.

»Was will dieser Alte?«, rief Antinoos, der Schlimmste von ihnen, quer durch den Saal. »Er stinkt wie ein ganzer Schweinestall und ist hässlich wie ein Kyklop.«

»Dieser Mann bittet um freundliche Aufnahme«, sagte der treue Hirte Eumaios und legte seine Hand auf die Schulter des Bettlers.

»Er soll sich verpissen!«, schrie Eurymachos, ein unverschämter Kerl, der jeden Tag betrunken war.

Plötzlich sauste ein Schemel durch den Saal, Antinoos hatte ihn geworfen. Er flog über die Köpfe der Freier hinweg, die verteilt an ihren Tischen saßen, und traf den Bettler am Arm. Der verzog das Gesicht und blickte grimmig zu Antinoos hinüber, sagte aber kein Wort.

»Es reicht!«, rief ich wütend und sprang von meinem Hocker auf. »Dieser Mann ist mein Gast. Er bekommt zu essen und zu trinken und kann heute Nacht am Herdfeuer schlafen. Und ihr lasst ihn gefälligst in Ruhe. Denkt daran, dass Zeus die Reisenden und Bettler beschützt und dass er furchtbare Rache an denen nimmt, die die Gesetze der Gastfreundschaft missachten.«

»Meine Mutter hat recht«, rief mein Sohn Telemachos. Er war eben in den Saal gekommen und hatte sich an die andere Seite des Bettlers gestellt. »Geht jetzt alle nach Hause! Morgen könnt ihr wiederkommen, wenn es denn sein muss. Für heute ist es genug.«

Ich war ganz verblüfft. Mein Sohn kam ganz nach seinem Vater! Offenbar hatten Telemachos und ich die Freier beeindruckt. Sie erhoben sich und verließen grummelnd und murrend den Saal.

»Wir werden wiederkommen«, knurrte Eurymachos, der als Letzter mit schwankenden Schritten hinaustorkelte. »Darauf könnt ihr euch verlassen.«

»Komm jetzt, mein Alter«, sagte mein Sohn und legte seinen Arm um die Schulter des Bettlers. Das breite Lächeln auf seinem Gesicht irritierte mich. »Dort hinten kannst du dich frisch machen. Eurykleia wird dir warmes Wasser und ein Tuch geben. Dann kannst du dich der Königin vorstellen.«

Ich beobachtete, wie unsere alte Magd Eurykleia dem Bettler eine Schüssel und ein Tuch brachte. Eurykleia war, das musst du wissen, die Amme meines Mannes, sie kannte ihn seit seinen Babytagen. Als sie dem Bettler die Füße in einer Schüssel wusch, stieß sie plötzlich einen Schrei aus. Ich hatte mich inzwischen wieder an meinen

Webstuhl gesetzt und konnte nicht erkennen, was geschehen war. Eurykleia führte den Bettler zu mir. Sie strahlte übers ganze Gesicht, als sie mich vorstellte.

»Das ist die Herrin dieses Hauses«, sagte sie. »Die ehrenwerte Königin Penelope.«

»Hab Dank für deine Gastfreundschaft!«, sagte der Bettler mit einer Stimme, die mir einen Schauder über den Rücken jagte. Er kniete vor mir nieder. Eurykleia zog sich zurück.

»Du musst nicht niederknien, alter Mann«, sagte ich. »Setz dich zu mir und leiste mir Gesellschaft. Du scheinst dich besser benehmen zu können als all diese Freier, die mich seit Monaten belästigen.«

Dann erzählte ich ihm von meinem Mann Odysseus, der seit zwanzig Jahren nicht nach Hause gekommen war, und von den vielen jungen Männern aus ganz Ithaka, die hofften, dass ich einen von ihnen heiraten und zum neuen König machen würde.

»Ich wollte sie hinhalten«, sagte ich schließlich. »Mit diesem Webstuhltrick. Weil ich tief in meinem Herzen geglaubt habe, dass Odysseus noch am Leben ist. Aber dieser Glaube schwindet. Wahrscheinlich liegt mein Mann schon seit vielen Jahren tot auf dem Grunde des Meeres.«

Der Bettler schmunzelte. »Das Leben ist voller Überraschungen«, sagte er. »Was gedenkst du zu tun, ehrenwerte Königin?«

»In der letzten Nacht ist mir Athene im Traum erschienen und hat mir Folgendes aufgetragen: Ich soll den Bogen meines Mannes aus der Waffenkammer holen und zwölf Axtköpfe hintereinander aufstellen lassen. Denjenigen soll ich heiraten, dem es gelingt, den Bogen zu spannen und mit einem Schuss durch alle zwölf Ösen der aufgestellten Äxte hindurchzuschießen. Odysseus konnte das«, seufzte ich. »Dann wäre mein neuer Ehemann wenigstens genauso stark wie mein alter. Gleich morgen soll diese Bogenprobe stattfinden.«

»Eine gute Idee«, sagte der Bettler. »Ich hoffe, ich kann dabei sein. Das wird sicherlich spannend. Vielleicht kann ich meine Kräfte ja auch einmal an diesem Bogen messen.«

Ich lächelte milde. »Du siehst so aus, als seist du vor vielen Jahren ein starker Mann gewesen. Aber glaube ja nicht, dass ich dich heiraten werde! Das ist völlig ausgeschlossen.«

»Keine Sorge«, sagte der Bettler. »Das ist wirklich nicht nötig.«

Wir unterhielten uns noch eine Weile, dann zog der alte Mann sich zurück, um am Herdfeuer sein Nachtlager herzurichten.

Am nächsten Tag, als alle Freier wieder im Saal versammelt waren und schon ausgiebig gegessen und getrunken hatten, sagte ich meinem Sohn, er solle den Bogen seines Vaters aus der Waffenkammer holen. Telemachos schaute mich erstaunt an und tat, worum ich ihn gebeten hatte. Dann ließ ich einen Sklaven die zwölf Axtköpfe auf einen langen Balken schlagen und mit einer Schnur ausrichten. Tatsächlich konnte man danach durch alle zwölf Ösen hindurchschauen. Den Balken mit den Axtköpfen ließ ich in Brusthöhe mitten im Saal aufstellen. Die Freier schauten all dem verwundert zu.

Als alles vorbereitet war, rief ich sie zusammen und erklärte ihnen meinen Plan.

»Und ich werde denjenigen heiraten, der durch diese Axtköpfe hindurchschießt«, schloss ich meine Rede.

»Kein Problem«, rief Eurymachos sogleich. »Her mit dem Bogen!«

Die Freier begannen zu lärmen und sich darum zu streiten, wem der erste Versuch zustehe. Schließlich beendete Telemachos ihren Streit und sagte: »Mir gebührt der erste Schuss. Keine Sorge, Mutter, ich will dich nicht heiraten. Ich will nur einmal probieren, wie stark ich schon bin.«

Er nahm den Bogen und die Sehne und versuchte mit allen Kräften, den Bogen zu spannen und die Sehne zu befestigen. Beinahe wäre es ihm gelungen, nur ein kleines Stück fehlte noch. Da musste er aufgeben. Er legte den Bogen schwer atmend zurück auf den Tisch.

»Jetzt seid ihr an der Reihe«, schnaufte er.

Da versuchten es die Freier, Antinoos und Eurymachos als Erste, dann all die anderen. Doch keinem gelang es, die Sehne auf den Bogen zu bringen, sosehr sie sich auch bemühten.

»Das ist wieder einer deiner Tricks, Penelope!«, rief Antinoos wütend. »Diesen Bogen kann nur ein Gott spannen.« Er warf ihn verächtlich auf den Boden. »Wir lassen uns von dir nicht länger an der Nase herumführen. Entscheide dich endlich, sonst …«

»Darf ich es einmal versuchen?«, fragte plötzlich der alte Bettler.

Antinoos verstummte, schaute den Bettler verblüfft an und begann laut zu lachen.

»Du hässliche Witzfigur?«, brüllte er. »Nur zu. Lasst uns unseren Spaß haben, Freunde. Wir wollen sehen, wie der räudige Lump sich abmüht.«

Er hob den Bogen auf und reichte ihn dem alten Bettler.

Der wog den Bogen in den Händen, beschaute ihn von allen Seiten und lächelte. Dann nahm er die Sehne und spannte sie mit einem einzigen Handgriff auf die Hörner des Bogens. Den Freiern fielen die Kinnladen hinunter, sie starrten den Alten mit großen Augen an. Der nahm einen Pfeil aus dem Köcher, spannte den Bogen so schnell und kraftvoll, dass wir es kaum wahrnahmen, und ließ den Pfeil von der Sehne schnellen. Der flog zischend durch die zwölf

Axtköpfe hindurch und blieb mit einem lauten Knall auf der anderen Seite des Saales in der Wand stecken.

Ich traute meinen Augen nicht. Welche Kräfte hatte dieser alte Mann! Da trat Telemachos an meine Seite.

»Geh bitte nach oben ins Schlafzimmer«, raunte er mir zu. »Hier im Saal werden gleich schreckliche Dinge passieren, die du dir besser nicht ansehen solltest.«

Was war hier los? Ich wollte widersprechen, doch mein Sohn schaute mich so nachdrücklich an, dass ich seinen Worten folgte und den Saal zusammen mit der guten Eurykleia rasch verließ. Im Schlafzimmer angekommen, hörte ich plötzlich Gebrüll und ängstliche Schreie aus dem Saal. Ich wollte hinuntereilen und sehen, was dort vor sich ging, doch da überfiel mich eine große Müdigkeit, gegen die ich mich nicht wehren konnte. Hatte einer der Götter sie mir geschickt? Ich fiel aufs Bett und schlief augenblicklich ein. So bekam ich von dem, was sich im Saal zutrug, nichts mit. Als ich am nächsten Morgen erwachte, ging ich sofort hinunter und wunderte mich, dort keinen Freier mehr zu sehen. Sie waren doch sonst jeden Tag hier!

An einem der Tische saßen der alte Bettler und mein Sohn und schauten mich erwartungsvoll an.

»Was ist geschehen?«, fragte ich. »Wo sind all die Männer? Habt ihr sie gestern Abend aus dem Haus gejagt?«

»Das kann man so sagen«, antwortete Telemachos. »Sie wohnen jetzt in einem anderen, viel dunkleren Haus. Ich werde dich mit unserem Gast allein lassen, Mutter. Er wird dir alles erklären.« Damit verschwand er in den Hof.

Und dann erzählte mir dieser alte Bettler, dass er gestern Abend alle Freier umgebracht habe. Zusammen mit meinem Sohn und zwei treuen Sklaven. Mithilfe einiger Sklavinnen hätten sie noch in der Nacht alle Spuren der Bluttat beseitigt. Die Toten seien bereits von ihren Familien abgeholt worden. Natürlich fiel ich zunächst aus allen Wolken und glaubte dem Alten kein Wort. Was bildete dieser Kerl sich ein, sich über mich und mein Schicksal lustig zu machen? Ich wollte ihn gerade mit Schimpf und Schande aus dem Haus jagen, da geschah etwas Sonderbares: Der zerlumpte Bettler, der vor mir auf einem Schemel saß, verwandelte sich. Seine Haut wurde straffer, er hatte plötzlich volles Haar und schien mit einem Schlag um Jahrzehnte jünger zu sein. Vor mir saß ein muskulöser, gut aussehender Mann, der mir sehr bekannt vorkam.

Mir stockte der Atem.

Das konnte doch nicht wahr sein!

Vor mir saß Odysseus, mein eigener Mann! Zwar war er um zwanzig Jahre gealtert, aber es konnte keinen Zweifel geben. Das war doch unmöglich, ganz und gar unmöglich!

Ich suchte nach Worten, konnte aber keinen vernünftigen Satz über die Lippen bringen.

»Vor ein paar Tagen«, begann er behutsam, »hat mich ein Schiff der Phaiaken nach Ithaka gebracht. Sie haben mich an einem einsamen Strand abgesetzt. Ich wollte gleich nach Hause eilen, da erschien mir Athene und riet mir, die Sache vorsichtig anzugehen. Sie erzählte mir von den vielen Männern, die dich seit Monaten belästigten, und schickte mich zu unserem treuen Hirten Eumaios. Du weißt doch, er lebt vor der Stadt in seiner kleinen Hütte und hütet unsere Schweine. Auch Telemachos hat sie zu Eumaios geschickt. Erst glaubten die beiden, die Götter würden ihnen einen gemeinen Streich spielen, doch ich konnte sie überzeugen, dass ich wirklich Odysseus bin, und dann lagen wir drei uns in den Armen und weinten und lachten vor Freude über meine Heimkehr. Am nächsten Tag hat Athene mich in diesen alten Bettler verwandelt, damit ich unerkannt in den Palast kommen konnte.«

Allmählich gewann ich meine Fassung wieder. »Zwanzig Jahre«, sagte ich. »Du warst zwanzig Jahre fort. Und das Erste, was du zu Hause tust, ist: Du schickst fünf Dutzend Männer in den Hades.«

»Sie haben dich belästigt!«

»Sie waren meine Gäste!«

»Sie wollten dich heiraten!«

»Das war ihr gutes Recht, schließlich mussten wir alle glauben, dass du tot bist!«

Odysseus verschränkte die Arme vor der Brust. »Bin ich aber nicht, wie du siehst.«

»Nein, bist du offenbar nicht«, sagte ich und konnte mir ein kleines Lächeln nicht verkneifen. »Du bist noch ziemlich lebendig. Und du machst genau damit weiter, womit du in Troja aufgehört hast: tricksen und Leute umbringen.«

»Das kann ich halt am besten.«

»Eurykleia hat dich schon gestern erkannt, nicht wahr?«

»Ja, an meiner Narbe hier am Schienbein.«

»Die von der Eberjagd damals?«

»Genau die.«

»Und du hast sie gebeten zu schweigen?«

»Ja.«

»Was ist mit den Männern, die ihr erschlagen habt?«

»Die sind tot. Ihre Familien haben sie schon abgeholt.«

»Genau das ist das Problem: Die Familien werden sich das nicht gefallen lassen. Es wird Krieg geben hier auf Ithaka!«

»Keine Sorge, Athene regelt das. Hat sie mir versprochen.«

Ich atmete tief durch. »Na, hoffentlich.«

Mein Mann sollte recht behalten. Athene schaffte es tatsächlich, die aufgebrachten Familien zu beruhigen. Sie besänftigte die Gemüter, Odysseus half ihr mit der ein oder anderen Entschädigungszahlung, am Ende gaben sich alle zerknirscht die Hand und betrachteten das Gemetzel in unserem Palast als vergeben und vergessen.

Du kannst dir vorstellen, dass Odysseus und ich uns einiges zu erzählen hatten in den nächsten Tagen und Monaten. Und dass ich ihm danach jeden Kriegszug und jedes weitere Abenteuer verboten habe! Hier auf Ithaka gibt es ja genug zu tun, vor allem muss Odysseus seinen Sohn richtig kennenlernen. Und ich möchte nicht noch einmal zwanzig Jahre auf meinen Mann warten müssen.

PERSEUS
Ich stelle mich auch SCHWIERIGEN Aufgaben
Das ist MEDUSA
Das ist mein treues SICHELSCHWERT
Mit MONSTERN kann ich sehr gut umgehen!!
Tschilp
Ich habe Flügelschuhe genau wie HERMES
Mit den Schuhen kann ich sogar fliegen
DER·MONSTER-SPEZIALIST

DAS BIN ICH

PERSEUS

Die Römer nennen mich **AUCH** so

☒ Sterblich

☐ unsterblich

ZU MEINER FAMILIE GEHÖREN

meine Mutter Danae und mein Vater ZEUS. Bei meiner Mutter hatte der Göttervater sich einen ganz besonderen Trick ausgedacht, nachdem er sie ins Auge gefasst hatte: Er ist als goldener Regen einfach durch die ZIMMERDECKE in ihr Schlafzimmer gekommen. **Neun Monate** später kam ich auf die Welt. Als junger Mann habe ich die Prinzessin Andromeda geheiratet und mit ihr **einige Kinder** bekommen.

MEINE HEIMAT IST

die Stadt Argos, dort kam ich jedenfalls auf die WELT. Doch schon bald verschlug es meine Mutter und mich auf die kleine Insel Seriphos. Dort wuchs ich heran. Später war ich ziemlich VIEL in der WELT unterwegs, bis ich meine Frau kennenlernte und mit ihr die Königsherrschaft in der Stadt Tiryns übernahm.

DAS KANN ICH BESONDERS GUT

Durch die Luft fliegen und Monster erledigen. Als Monsterspezialist bin ich in Ganz Griechenland bekannt.

DAS MAG ICH GANZ UND GAR NICHT

Wenn unschuldige Mädchen von BÖSEN UNGEHEUERN bedroht werden. Da kann ich richtig wütend werden. !!

PERSEUS

Dies ist meine Geschichte

Eigentlich ist mein Großvater schuld daran, dass ich zum Monsterspezialisten wurde. Er hieß Akrisios und war der König von Argos. Er hatte einen Orakelspruch bekommen, in dem es hieß, dass sein eigener Enkel ihn töten würde.

Blöder Spruch. Irgendwie verständlich, dass er daraufhin meine Mutter, also seine eigene und einzige Tochter, in ein unterirdisches Verlies sperrte, damit sie ja keinen Mann kennenlernen und ein Kind bekommen konnte. Aber auch ganz schön gemein, oder? Meine Mutter war doch völlig unschuldig. Doch Akrisios hatte die Rechnung ohne Zeus gemacht, der ein Auge auf meine hübsche Mutter geworfen hatte. Und wenn der Göttervater etwas haben möchte, dann überwindet er jedes Hindernis. Er kann sich ja in alles Mögliche verwandeln. Und für meine Mutter verwandelte er sich eben in goldenen Regen, rauschte durch die Zimmerdecke und, schwuppdiwupp, war meine Mutter schwanger. Vom Götterkönig persönlich.

Als sie mich geboren hatte, steckte mein Großvater sie und mich in eine große Kiste und warf diese dann ins Meer. Er war ziemlich sauer auf sie, weil sie ein Kind bekommen hatte. Und er fragte sich, wie das nur geschehen konnte. Die Geschichte mit dem goldenen Regen glaubte er ihr natürlich nicht. Selbst töten konnte er uns nicht, dafür hatte er meine Mutter und mich einfach zu gern. Er war im Grunde seines Herzens ein guter Mann, mein Großvater Akrisios. Er übergab uns nur dem Meer, weil er um sein Leben fürchtete. Aber Zeus befahl seinem Bruder Poseidon, die Kiste auf die Insel Seriphos zu bringen. Dort wuchs ich im Haus des Königs Polydektes auf, der Danaë und mich gastfreundlich aufnahm.

Als ich schon ein junger Mann war, bat mich König Polydektes zu sich. Er erzählte mir, dass er heiraten wollte. Und dass er sich von mir ein ganz besonderes Hochzeitsgeschenk wünschte, nämlich den Kopf der Medusa. Den möge ich ihm doch, bitte schön, besorgen. Dann lehnte er sich in seinem Stuhl zurück und grinste. Du weißt wohl nicht, wer die Medusa war, oder? Sie war eine der drei Gorgonen, also ein richtiges Monster. Die Gorgonen waren furchtbar hässliche und böse Schwestern. Statt Haaren ringelten sich zischende Schlangen um ihre Köpfe. Aus ihren großen Mäulern starrten blitzende Zähne. Ihre Hände waren aus Eisen. Außerdem hatten sie goldene Flügel, mit denen sie sich in die Luft erheben konnten. Sie wohnten fern im Westen, irgendwo am Rande der Welt. Medusa war die einzige Sterbliche dieser drei Monsterschwestern, die anderen beiden, sie hießen Stheno und Euryale, waren unsterblich. Der Haken bei der Sache war, dass die Gorgonen jeden, der ihnen ins Gesicht schaut, sofort zu Stein erstarren ließen.

Ehrlich gesagt, ich wurde ziemlich blass, als König Polydektes mir seinen Geschenkewunsch erzählte. Irgendwie hatte ich das Gefühl, als wollte er mich loswerden. Aber irgendwie reizte mich diese Aufgabe auch, also willigte ich ein und versprach ihm das Haupt der Medusa. Schon am nächsten Tag verabschiedete ich mich von meiner Mutter und machte mich mit einem Schiff auf den Weg in den Westen, zu den Rändern des großen Ozeans. Als ich an einer unbekannten Küste eine kleine Rast machte und alle meine Gefährten in tiefem Schlaf lagen, kamen Athene und Hermes auf mein Schiff. Ich staunte nicht schlecht, als sie vor mich traten. Vor lauter Ehrfurcht sackte ich in die Knie.

»Steh auf, mein Bruderherz«, sagte Athene da. »Unser Vater Zeus schickt uns. Wir sollen dir helfen, damit du deine Aufgabe erfüllen kannst.«

»Wie wollt ihr mir helfen?«, fragte ich mit zitternder Stimme.

»Du brauchst einmal das hier«, sagte Hermes und übergab mir ein gebogenes Schwert. »Das hat Hephaistos geschmiedet. Damit kannst du Medusa … Na, du weißt schon: Schnipp und schnapp, Rübe ab!«

»Lass deine blöden Sprüche«, schimpfte Athene. »Nimm auch diesen Schild. Siehst du, wie blank er poliert ist? Du kannst dich darin spiegeln. Und du kannst damit die Gorgonen gefahrlos anblicken, ihr Spiegelbild ist nämlich ungefährlich. Aber schau ihnen niemals direkt ins Gesicht, hörst du? Das wäre dein Ende!«

Ich nickte, nahm die beiden herrlichen Göttergaben und fragte: »Könnt ihr mir auch den Weg zu den Gorgonen sagen?«

Hermes schüttelte den Kopf. »Frag die drei Graien, das sind die Schwestern der Gorgonen. Sie leben in einer dunklen Höhle nicht weit von hier. Sie sind von Geburt an grau. Und sie haben nur einen Zahn und ein Auge, die sie sich teilen. Nimm ihnen beides weg, dann werden sie dir den Weg zu ihren Schwestern verraten.«

Dann beschrieben mir die beiden den Weg zu der Höhle der Graien und verschwanden so schnell, wie sie gekommen waren.

Am nächsten Tag schlich ich mich zu der Höhle dieser drei Monsterschwestern. Bei allen Göttern, die Graien waren wirklich bemitleidenswerte Weiber, alt und hässlich. Ich legte mich am Höhleneingang auf die Lauer, passte einen günstigen Moment ab und schnappte mir das Auge und den Zahn, als die eine sie gerade einer ihrer Schwestern reichen wollte. Sie zeterten, schimpften und kreischten. Doch es half nichts. Ohne ihr Auge und ihren Zahn waren sie hilflos. Ich redete so lange auf sie ein, bis sie mir den Weg zu ihren Schwestern, den Gorgonen, beschrieben. Dann gab ich ihnen Auge und Zahn zurück, eilte zu meinem Schiff und machte mich auf den Weg.

Auf meiner langen Reise kam ich in den Besitz von drei wundersamen Dingen. Ich fand einen Helm, der unsichtbar machte, Schuhe, mit denen man fliegen konnte, und eine sonderbare Umhängetasche, die ich später gut gebrauchen konnte.

Nach vielen, vielen Tagen fand ich schließlich die Gorgonen. Sie hausten in einer weiten Einöde, einer Wüste voller schroffer Felsen. Nur hier und da standen reglose Figuren: Menschen und Tiere, die die drei Schwestern versteinert hatten. Ich hielt mein Sichelschwert in der einen und den Schild in der anderen Hand und durchpirschte die endlose Weite. Dabei schaute ich nur in den blanken Schild, um ja keiner Gorgone ins Gesicht zu blicken. Schließlich fand ich sie, sie lagen schlafend unter einem toten Baum. Medusa erkannte ich sofort, sie war die Jüngste der drei. Ein Hieb mit meinem Sichelschwert – und ihr Kopf lag neben ihr. Euryale und Stheno schliefen schnarchend weiter. Ich packte den Kopf an seinen Schlangenhaaren, immer schön in den Schild gucken, und steckte ihn in meine Tasche. So konnte Medusa kein Unheil anrichten. Ihr Kopf konnte nämlich auch nach ihrem Tod noch versteinern, das sollte ich bald herausfinden.

Jetzt benutzte ich meine Flügelschuhe und erhob mich in die Lüfte. Was für ein tolles Gefühl! Ich winkte meinen Männern zu, die mir von meinem Schiff aus ungläubig hinterherstarrten, und schon war ich verschwunden. Auf meinem Rückflug versteinerte ich mit dem Medusenhaupt den Titanen Atlas, der ziemlich frech zu mir war. Seitdem ist er ein riesiges Gebirge. Aber das ist eine andere Geschichte.

Ich wollte zurück nach Seriphos, um König Polydektes sein erwünschtes Hochzeitsgeschenk zu überbringen. Aber irgendwie verlor ich die Orientierung und kam vom Weg ab. Da erblickte ich unter mir ein Land, in dem Menschen mit dunkler Haut lebten. Ich landete auf einem Feld und fragte höflich einen Bauern, wie dieses Land denn heißt. Er hielt mich für einen Gott, wahrscheinlich für Hermes, fiel auf die Knie und sagte: »Das ist Äthiopien, verehrte Gottheit. Das Land des Königs Kepheus.«

Oh Mann, dachte ich, da bin ich ja völlig vom Kurs abgekommen.

»Vielen Dank«, sagte ich zu dem Bauern und flog davon. Da erblickte ich tief unter mir eine schöne junge Frau. Sie war an der Meeresküste an eine Klippe gekettet und schrie um Hilfe. Schon sah ich das Seeungeheuer, das sich mit einem Affenzahn der jungen Schönen näherte und sein hässliches Maul aufsperrte. Gut, dass ich gerade in der Nähe war (auch wenn ich langsam genug hatte von diesen hässlichen Monstergestalten).

Ich ging in den Sturzflug über, zückte mein Schwert und griff das Biest an. Ich erwischte es an der Nase, es brüllte laut auf und tauchte ab. Erledigt, dachte ich und flog zu der Schönen.

»Was ist denn passiert?«, fragte ich, als ich neben ihr auf der Klippe gelandet war. Mit einem Hieb durchtrennte ich ihre Fesseln.

»Meine Mutter ist schuld«, schniefte die Schöne und rieb sich ihre Handgelenke. »Sie heißt Kassiopeia und ist die Königin dieses Landes. Und sie hat damit geprahlt, dass sie schöner sei als alle Göttinnen des Meeres. Deswegen ist Poseidon sauer geworden. Er hat dieses Ungeheuer geschickt, das die Küsten unseres Landes verwüstet. Eine schlimme Zeit. Mein Vater, König Kepheus, hat ein Orakel gefragt, was er tun sollte. Die Antwort war: Du musst deine Tochter dem Ungeheuer opfern, dann wird es verschwinden.«

»Wieso nicht deine Mutter?«, fragte ich.

Sie zuckte mit den Schultern. »Keine Ahnung. Auf jeden Fall haben sie mich hier heute Morgen gefesselt. Meiner Mutter tat alles furchtbar leid, aber was sollte sie machen?«

Ich schüttelte den Kopf. »Ist ja noch mal gut gegangen. Wie heißt du überhaupt?«

»Andromeda. Und du?«

»Perseus. Fachmann für alle Monsterviecher dieser Welt. Warte mal kurz!«

Ich hatte gesehen, dass das Seeungeheuer wieder aufgetaucht war. Es sah wütend aus, seine Nase blutete. Und es startete einen neuen Angriff. Schnell flog ich los, zog das Medusenhaupt aus meiner Tasche – und im nächsten Augenblick war das Vieh versteinert. Dort, wo eben noch ein Ungeheuer gewesen war, ragte jetzt ein Felsen mit weit aufgerissenem Maul aus dem Wasser. Ich steckte den Kopf wieder ein und flog zurück zu Andromeda.

»Ich bring dich nach Hause«, sagte ich. »Deine Eltern haben bestimmt nichts dagegen, wenn wir heiraten, oder?«

Andromeda errötete und schaute mich mit großen Augen an. »Äh, ich weiß nicht«, stotterte sie. »Geht das nicht etwas zu schnell? Wir kennen uns doch gar nicht.«

»Wir können uns ja kennenlernen«, sagte ich. »Nach der Hochzeit haben wir genug Zeit dafür. Was meinst du?«

Ja, so lernte ich meine Frau kennen. Kepheus und Kassiopeia hatten nichts gegen unsere Hochzeit einzuwenden. Wir feierten ein rauschendes Fest im Königspalast von Äthiopien (bei dem es zu einer handfesten Schlägerei mit diversen Medusenversteinerungen kam, aber das ist wieder eine andere Geschichte) und zogen bald darauf zurück nach Griechenland.

PERSEUS

Meinen Großvater Akrisios habe ich übrigens einige Jahre später auch noch getötet, so wie das Orakel es prophezeit hatte. Aber aus Versehen, das musst du mir glauben. Ich nahm in der Stadt Larissa an einem Wettbewerb im Diskuswurf teil. Dabei schleuderte ich die schwere Scheibe weiter und weiter und traf einen der Zuschauer am Kopf, einen alten Mann, der augenblicklich tot zusammenbrach. Es war mein eigener Großvater, der von Seriphos angereist war, um sich den Wettkampf anzuschauen. Dummer Zufall. Oder göttliche Vorsehung. Auf jeden Fall ließ sich an seinem Tod nichts mehr ändern. Der Spruch des Orakels war in Erfüllung gegangen. Der alte Mann tat mir sehr leid. Zum Glück war er das einzige Nicht-Monster, das ich in meinem Leben getötet habe. Und das soll auch so bleiben.

PROMETHEUS
Mit Feuer kenne ich mich aus!
Ich habe einen klugen Kopf
Adler mag ich nicht so gern
Ich bin ein Titan
Von GEBIRGEN halte ich mich lieber fern
DER
MENSCHEN-FREUND

DAS BIN ICH

PROMETHEUS

So heiße ich auch auf Latein. - **UND** auf Deutsch

☐ sterblich

☒ unsterblich

ZU MEINER FAMILIE GEHÖREN

mein Vater Japetos und meine Mutter Klymene, echte Titanen, genau wie ich und meine Brüder EPIMETHEUS, MENOITIOS und ATLAS. Nach meiner langen Zeit an den Ketten habe ich PRONOIA geheiratet. Sie schenkte uns einen Sohn, den wir Deukalion nannten.

MEINE HEIMAT IST

die ganze Welt. Aber eine ziiiemlich lange Zeit lang wohnte ich im Kaukasusgebirge fern im Osten. Allerdings nicht ganz freiwillig. Und eine echte Wohnung

hatte ich da **auch nicht**. Außerdem war es da zugig und kalt. Als Wohnstätte kann ich den Kaukasus ECHT **nicht** empfehlen.

DAS KANN ICH BESONDERS GUT

Den Menschen beistehen, besonders gegen ZEUS und seine fiese **Göttertruppe**. Die habe ich so manches Mal so richtig **schön** reingelegt. Mein Name bedeutet übrigens „DER VORAUSDENKENDE". Wahrscheinlich wussten meine Eltern schon bei meiner Geburt, dass ich ein schlaues Kerlchen werden würde.

DAS MAG ICH GANZ UND GAR NICHT

Mir von ZEUS oder irgendeinem anderen Gott etwas sagen lassen. Schließlich haben wir Titanen lange **vor** den Göttern die Welt beherrscht. **Gut**, sie haben uns gestürzt, aber das heißt doch noch lange nicht, dass ich mir dann von denen ALLES gefallen lassen muss, oder ?!!

Dies ist meine Geschichte

Ich habe dich erschaffen, wusstest du das? Okay, ist vielleicht etwas übertrieben. Aber ich habe tatsächlich die ersten Menschen erschaffen, also deine Urururur-und-so-weiter-großeltern. Es war vorher nämlich ziemlich öde auf der Welt. Nur die Tiere, ein paar Titanen und Götter. Für uns alleine war die Welt einfach zu groß, fand ich. Da setzte ich mich hin, nahm mir etwas Erde und Ton und fing an zu kneten. Schwuppdiwupp, hatte ich die ersten Menschen fertig. Noch waren sie gänzlich ohne Eigenschaften. Die besorgte ich mir von den Tieren, die gab es damals schon. Von den Pferden nahm ich mir den Fleiß, von den Hunden die Treue, von den Eulen die Klugheit, von den Löwen den Mut und so weiter. Natürlich verlieh ich meinen Menschen nur gute Eigenschaften. Athene, meine Freundin unter den Göttern, half mir dabei. Fehlte noch der Verstand, davon haben die Tiere ja nicht allzu viel. Den hauchte Athene persönlich meinen Geschöpfen ein. Und schon waren sie fertig, vermehrten sich und bevölkerten die Welt. Ich brachte ihnen alles bei, was sie wissen mussten. Sie hörten mir gerne zu, waren wissbegierig wie Kinder und lernten so schnell, dass ich oft staunen musste, welche Wunderwesen ich da erschaffen hatte. Es war eine gute Zeit, bis Zeus meine Geschöpfe bemerkte und mich zu sich auf den Olymp rief.

»Du hast seltsame Wesen erschaffen«, sagte er mit gerunzelter Stirn, als ich vor seinem Thron stand. »Sie laufen auf zwei Beinen. Sie beackern die Felder, sie säen und ernten. Sie bauen sich Hütten und Häuser. Sie scheinen sehr klug zu sein, viel klüger als die anderen Tiere, die die Erde und die Gewässer bewohnen.«

»Es sind keine Tiere«, sagte ich. »Es sind Menschen.«

»Menschen?« Zeus hob die Augenbrauen. »So, so. Menschen nennst du sie?«

»Ja, so nenne ich sie. Ich finde, sie sind mir gut gelungen, oder?«

»Doch, doch, gar nicht so übel. Aber sie sind natürlich nicht unsterblich, oder?«

»Nein, nein. Das habe ich nicht geschafft.«

»Hast du es versucht?«

Ich zuckte die Schultern und schwieg.

»Wie auch immer«, sagte Zeus. »Mir ist aufgefallen, dass sie eine Sache noch nicht getan haben.«

»Welche?«

»Sie haben uns Götter bisher nicht verehrt. Ich sehe nirgendwo Tempel, Statuen oder Opfergaben.«

»Das lässt sich ändern«, sagte ich. »Komm morgen auf die Erde. Dann werden die Menschen dich mit einer Opfergabe ehren.«

»So soll es sein«, sagte Zeus. »Ich freue mich schon.«

Am nächsten Tag hatte ich mit einigen meiner Menschen einen prächtigen Stier geschlachtet und zerlegt. Das essbare Fleisch legte ich auf die eine Seite, all die Knochen, Sehnen und das sonstige ungenießbare Zeug auf die andere. Dieser zweite Haufen war deutlich größer als der erste, weil ich ihn noch mit einigen Ästen und Steinen aufgefüllt hatte. Dann legte ich über beide Haufen ein großes Stück Stierhaut und wartete auf Zeus. Der kam auch bald.

»Vater der Götter«, sprach ich feierlich. »Die Menschen haben dir ein angemessenes Opfer dargebracht. Du selbst kannst entscheiden, welches du haben möchtest. Möchtest du den großen Haufen oder doch lieber diesen kleinen? So wie du heute entscheidest, sollen es die Menschen hinfort bei allen Opfertieren handhaben.«

»So soll es sein«, sagte Zeus lächelnd. Hatte er meine List durchschaut? Ich war mir nicht sicher. Er wählte den größeren Haufen, wie ich es gehofft hatte, zog die Stierhaut ab – und das Lächeln verschwand aus seinem Gesicht. Er schaute wütend auf den Haufen mit den Knochen und Sehnen.

»Dafür wirst du büßen«, knurrte er. »Du und deine Geschöpfe. Ich verbiete ihnen, das Feuer zu benutzen. Damit würden sie nur allzu mächtig werden und auf dumme Gedanken kommen.«

»Das kannst du nicht tun!«, rief ich. »Ohne Feuer sind die Menschen hilflos und zu einem Leben in der Wildnis verdammt.«

»So soll es auch sein«, sagte Zeus. »Ich dulde keinen Widerspruch, auch nicht von einem Titanen.«

Ich schluckte meinen Ärger hinunter und blickte hinauf zu Helios, der mit seinem Sonnenwagen hoch über uns hinwegraste. Zeus sauste zurück auf den Olymp, und mir war klar, dass ich dieses Verbot nicht hinnehmen würde. Was bildete Zeus sich ein, meine Geschöpfe zu hilflosen Kindern herabzustufen!

Am nächsten Tag nahm ich mir einen riesigen Ast, hielt ihn hoch in den Himmel und berührte mit ihm die Räder des Sonnenwagens. Da fing der Ast Feuer. Und dieses Feuer brachte ich meinen Menschen. Erst wussten sie gar nichts damit anzufangen. Sie fürchteten sich sogar davor, verbrannten sich die Finger, als sie es berührten. Aber dann lehrte ich sie, welche nützlichen Sachen man mit dem Feuer machen konnte: wilde Tiere verjagen, Fleisch braten, Brot backen, das Haus wärmen. Wie die Menschen sich freuten, als sie all diese Dinge beherrschten!

Natürlich wurde Zeus richtig wütend, als er sah, dass meine Menschen überall auf der Erde das Feuer benutzten. Doch er konnte es nicht mehr verhindern, dafür hatte es sich schon zu weit verbreitet.

Die Strafe ließ nicht lange auf sich warten. Zeus beauftragte seinen Sohn Hephaistos, eine Frau zu erschaffen. Hermes schenkte ihr die Gabe der Beredsamkeit. Aphrodite stattete sie mit bezaubernder Schönheit aus. Als sie fertig war, gab Zeus ihr einen Namen. Er nannte sie Pandora. Und er gab ihr eine ganz gemeine Büchse, in die er alle Übel und alle schlechten Eigenschaften steckte, die du dir vorstellen kannst. Da waren der Hunger, der Krieg, die Armut, die Hinterlist, der Betrug, die Faulheit, der Jähzorn, die Habgier und noch so viele andere üble Dinge, dass ich sie gar nicht alle aufzählen mag.

Zeus schickte Pandora zu meinem Bruder Epimetheus. Du musst wissen, dass der gute Epi nicht der Schlauste ist. Er ist nett, aber ein bisschen doof. Sein Name bedeutet übrigens »der Hinterherdenkende«. Ich hatte ihn gewarnt, er sollte auf der Hut sein. Ich ahnte ja schon, dass Zeus die Sache mit dem Feuer nicht auf sich sitzen lassen würde. Aber Epimetheus war leichtgläubig und fiel auf Pandoras Gesäusel und auf ihren verführerischen Blick herein. Er verliebte sich in sie und heiratete sie. Als Hochzeitsgeschenk übergab Pandora ihm die Büchse. Epimetheus öffnete sie – und alle Übel entwichen und verbreiteten sich in der Welt. Da war es vorbei mit dem sorgenfreien Leben meiner Menschen, das kannst du mir glauben. Seitdem ist ihr Leben so, wie es ist. Sie haben gute Eigenschaften und auch schlechte, sie können sich das Leben gegenseitig zum Himmel oder zur Hölle machen. Und an all dem ist nur mein leichtgläubiger Bruder Epimetheus schuld und seine Frau, diese fiese Pandora mit ihrem unheilvollen Geschenk!

Doch damit war Zeus mit seiner Bestraferei noch nicht am Ende. Jetzt war ich an der Reihe. Er suchte und fand mich, packte mich am Schlafittchen und schleppte mich zum Kaukasusgebirge. Das liegt irgendwo im Niemandsland fern im Osten. Dort kettete er mich mit Fesseln, die Hephaistos eigens dafür geschmiedet hatte, an einen schroffen Felsen hoch über den Wolken. Kalt war es da und grässlich windig. Ich konnte mich kaum bewegen und fror erbärmlich. Außerdem war mir schrecklich langweilig. Und das viele Jahrhunderte lang. Ich habe irgendwann aufgehört, die Jahre zu zählen. Das Schlimmste aber war, dass jeden Tag ein Adler vorbeikam, von Zeus geschickt. Der Adler ist ja sein Lieblingsvogel. Und dieser Vogel krallte sich an mir fest mit seinen scharfen Klauen und hackte mit seinem großen Schnabel Stücke aus meiner Leber heraus. Wir Titanen sind zwar unsterblich, aber Schmerzen können wir sehr wohl empfinden. Ich litt grausige Qualen, und das jeden Tag. Über Nacht nämlich wuchs meine Leber nach, doch am nächsten Tag kam der Adler zurück, stürzte sich auf mich und begann zu fressen. Eine schier unendliche, grausige Qual, die ich nicht einmal meinem schlimmsten Feind wünschen würde.

Irgendwann, ich glaubte schon, ich müsste bis in alle Ewigkeit im Kaukasus hängen, kam Herakles vorbei, sah mich und meine Ketten und hatte Mitleid. Ich erzählte ihm von meinem Schicksal. Es rührte ihn zu Tränen. Auch er war ja ein großer Wohltäter, hatte die Menschen schon von so manchem Ungeheuer befreit. Also legte er sich auf die Lauer. Und als der Adler kam, erschoss er ihn mit einem seiner tödlichen Pfeile. Das Untier stürzte hinunter in die Schlucht. Wie dankbar ich Herakles war! Dann zog und zerrte er mit seinen gewaltigen Kräften an meinen Fesseln – sie waren im Laufe der Jahrhunderte tatsächlich etwas mürbe geworden – und riss sie schließlich in Stücke. Ich war endlich wieder frei und suchte, so schnell es ging, das Weite!

Doch irgendwie erfuhr Zeus von meiner Befreiung. Er rief mich erneut vor seinen Thron, ich befürchtete schon das Schlimmste. Aber ich vermute, dass Herakles bei seinem Vater ein gutes Wort für mich eingelegt hatte. Zeus war nämlich unerwartet freundlich zu mir.

»Hier«, sagte er und streckte mir einen Fingerring entgegen. »Den wirst du in Zukunft tragen.«

Ich nahm den Ring und erkannte, dass er einen kleinen Stein trug. Der sah aus wie ein gewöhnlicher Felsstein.

»Warum soll ich diesen Ring tragen?«, fragte ich.

»Mir soll niemand nachsagen, dass man meiner Strafe entrinnen kann«, sagte Zeus mit strengem Ton. »Du bleibst weiterhin an den Kaukasus gefesselt.«

Mir entglitten die Gesichtszüge. Nicht schon wieder, dachte ich.

Zeus grinste. »Dieser kleine Stein dort auf deinem Ring ist aus dem Kaukasus. So bleibst du ewig an ihn gebunden. Verstanden?«

Ich atmete erleichtert aus. Zeus hatte Humor, das wusste ich noch gar nicht.

»Also gut«, sagte ich und steckte mir den Ring auf den Finger. »Damit kann ich leben.«

Ja, so sind sie, die Götter. Allen voran Zeus. Müssen immer recht behalten. Und werden furchtbar wütend, wenn man sich ihren Befehlen widersetzt. Niemand kann etwas dagegen machen, schon gar nicht ihr Menschen. Das solltest du dir gut merken.

ZEUS
Meine BLITZE flößen allen RESPEKT ein
Der majestätische ADLER ist mein Lieblingstier!
Sieh dir nur meine BREITEN Schultern und meine STARKEN Arme an
Mein VOLLBART sieht super aus, aber manchmal KRATZT er!
Ich verwandele mich gerne mal in ein TIER!
DER CHEF

DAS BIN ICH

ZEUS

bei den Römern kennt man mich als **Juppiter**

☐ Sterblich

☒ unsterblich

ZU MEINER FAMILIE GEHÖREN

meine Frau und Schwester, Hera, und **jede Menge** Kinder. Sie sind aber nicht alle von ihr. Ehrlich gesagt, habe ich da **komplett** den Überblick verloren.

Ach ja, Eltern habe ich auch noch, das sind die Titanen Rhea und Kronos. Und **5** Geschwister: die Götter POSEIDON und **HADES** und die Göttinnen Hera, Hestia und Demeter.

zum „**Glück**" kümmern sich meistens die **Mütter** um meinen Nachwuchs!!

MEINE HEIMAT IST

Kreta. Dort wurde ich in einer **Höhle des Idagebirges** geboren. Aber mein eigentliches Zuhause ist natürlich mein Götterberg, der **OLYMP**, wo ich einen besonders prächtigen Palast bewohne.

DAS KANN ICH BESONDERS GUT

Mit **Blitzen** werfen und **Donnerkeile** schleudern. Die bauen mir die Kyklopen in Hephaistos' Werkstatt. Damit kann ich ALLEN Respekt einflößen, meinen frechen **Götterkollegen** **UND** den ängstlichen **Menschen**. Meine *Spezialdisziplin* ist aber das Herrschen.

DAS MAG ICH GANZ UND GAR NICHT

Wenn jemand **anderer Meinung** ist als ich. Oder wenn jemand es wagt, mir *zu* **widersprechen** oder mich gar **auszutricksen** !! Dem kann es ÜBEL ergehen. Merk dir einfach: **Ich** bin der Chef. Und recht hat nur **EINER!!** und **DAS BIN ICH!!**

Dies ist meine Geschichte

Willst du wissen, wie ich der große Chef wurde? Ich habe auch mal klein angefangen, als winziges Baby. Dass ich einmal der BIG BOSS werden würde, hätten damals wohl nur wenige vermutet. Auf jeden Fall nicht mein Vater Kronos. Der hatte seinen eigenen Vater, also meinen Großvater Uranos, gestürzt und ihm die Herrschaft entrissen. Aber er fürchtete, dass es ihm einmal genauso ergehen könnte wie seinem Vater. Weil er nicht wollte, dass ihn eines seiner Kinder stürzte, fraß er sie gleich nach ihrer Geburt kurzerhand auf. Meine Mutter Rhea war machtlos. Kaum hatte sie ein Kind auf die Welt gebracht, happste Kronos es weg. Da die Kleinen Götter waren, war das halb so schlimm, sie konnten ja nicht sterben. Aber sie mussten die ganze Zeit in Kronos' riesigem Bauch ausharren.

Meiner Mutter wurde die ganze Sache irgendwann zu bunt. Als meine Geburt bevorstand, zog sie sich auf die Insel Kreta zurück und fand dort eine gemütliche Höhle, wo sie mir das Leben schenkte. Doch mein Vater wurde misstrauisch, er wusste ja, dass Rhea schwanger war. Also suchte er überall nach ihr. Schließlich kam er auch nach Kreta. Als meine Mutter ihn kommen hörte, wickelte sie schnell einen großen Stein in ein paar Windeln und trat aus der Höhle. Ich hatte mich hinter dem Eingang versteckt und belauschte ihr Gespräch.

»Hier ist er«, sagte sie zu Kronos. »Dein neugeborener Sohn.«

»Sieht lecker aus«, rief Kronos, schnappte sich den Brocken und schlang ihn hinunter. »Was machst du denn hier in dieser Höhle?«

»Mich ausruhen«, antwortete meine Mutter. »Die Geburt war doch sehr anstrengend.«

»Du hast dich genug ausgeruht. Komm jetzt mit, wir gehen nach Hause.«

»Geh du schon vor, großer Kronos. Ich muss ein paar Sachen zusammensuchen. Außerdem bin ich noch recht schwach.«

Damit gewann Rhea etwas Zeit. Auf einer Wiese ganz in der Nähe spielten Nymphen. Sie eilte zu ihnen und bat sie, auf ihr Kind achtzugeben. Die Nymphen willigten sofort ein. Eine von ihnen verwandelte meine Mutter in eine weiße Ziege und nannte sie Amalthea. Die Nymphen nahmen sie mit in die Höhle. Von ihrer Milch ernährte ich mich. Ich habe nie etwas Köstlicheres getrunken. Ein Bienenschwarm, der in einem Baum vor dem Höhleneingang sein Nest hatte, versorgte mich mit wunderbarem Honig. Jeden Tag summten die Bienen in meine Höhle und brachten Honig mit, den sie mir in den Mund träufelten. Milch und Honig und von Nymphen umsorgt – ich hatte wirklich eine gute Kindheit, das kann ich dir sagen.

Aber Kronos wurde misstrauisch. Vielleicht lag ihm der große Stein allzu schwer im Magen. Immer wieder kam er nach Kreta und schlich um meine Höhle herum. Glücklicherweise war er viel zu groß, er passte nicht durch den Eingang. Die Nymphen hatten mich in dem hintersten Winkel der Höhle versteckt. Und meine Mutter hatte vorgesorgt. Sie hatte den Kureten Bescheid gesagt, das sind ziemlich wilde Typen, die vor allem eine Sache können, nämlich Lärm machen. Immer wenn Kronos sich dem Idagebirge näherte, schlugen die Kureten auf ihre Pauken, bliesen in ihre Trompeten, klapperten mit Töpfen und Pfannen und machten solch einen Krach, dass die ganze Höhle erdröhnte. So konnte Kronos mein Babygeschrei nicht hören. Und ich konnte ungestört heranwachsen und Milch und Honig trinken.

Bald war ich groß genug, wir Götter wachsen ja schnell, und ich verließ die Höhle. Und nun? Na, ich musste nicht lange überlegen. Mir war klar, was ich zu tun hatte. Ich wollte meinen Vater stürzen, so wie er schon seinen Vater gestürzt hatte, ihn in den finsteren Tartaros jagen und selbst die Weltherrschaft übernehmen. Irgendwie liegt das wohl in der Familie: den Vater vom Thron schubsen und über die Welt herrschen. Doch wie sollte ich das anstellen? Kronos war ein mächtiger Titan. Auch traute ich mich nicht, Kronos alleine herauszufordern, ich war ja noch ganz unerfahren in allen Kriegsdingen. Wie sollte ich einen unsterblichen Titanen besiegen? Außerdem war Kronos nicht allein, andere Titanen würden ihm beistehen.

Was würdest du in so einer Situation machen? Richtig, erst einmal deine Mutter fragen. Das tat ich auch. Ich fragte also Rhea. Sie wollte mir helfen und sagte mir, dass ich zunächst meine Geschwister befreien müsste, die noch in Kronos' Bauch festsaßen. Die würden mir dann helfen, Kronos zu besiegen. Aber wie sollte ich sie dort herauskriegen? Alleine hätte ich das nie geschafft, doch Metis half mir. Sie war eine Tochter des großen Okeanos und wurde später meine erste Geliebte, aber das ist eine andere Geschichte. Auf jeden Fall hatte sie damals wohl schon ein Auge auf mich geworfen – ich sah schon als junger Gott verdammt gut aus – und darum beschlossen, mir zu helfen.

Bei einem Essen, zu dem sie eingeladen war, träufelte sie Kronos unbemerkt ein Brechmittel in den Becher. Das wirkte Wunder. Er bekam grässliche Bauchschmerzen, wurde kreidebleich und verließ den Saal mit riesigen Schritten. Kurz hinter der Tür erbrach er sich. Das muss ein eindrucksvolles Schauspiel gewesen sein, er spie nämlich nicht nur das ganze Abendessen aus und den großen Stein, den Rhea ihm untergejubelt hatte, sondern auch meine fünf Geschwister

Hestia, Hera, Demeter, Poseidon und Hades. Die rannten natürlich weg, so schnell sie nur konnten. Kronos wusste gar nicht, wie ihm geschah, schaute ihnen nur verblüfft hinterher.

Ich selbst brauchte eine ganze Weile, um sie alle zu finden. Sie waren ziemlich verstört. Jahrelang in einem Titanenmagen festzusitzen ist kein Honigschlecken, ich hatte es da bedeutend besser in meiner Höhle auf Kreta.

Irgendwann hatte ich sie alle aufgespürt und erklärte ihnen, was ich vorhatte, nämlich unseren Vater in den Tartaros zu befördern. Das hatte er mehr als verdient. Ein Vater, der seine Kinder frisst, taugt wirklich nicht als Weltbeherrscher. Für mich gab es keinen Zweifel, dass ich es war, der Kronos beerben würde. Aber das sagte ich meinen Geschwistern da noch nicht, wäre wohl schlecht für die Stimmung gewesen.

Bevor wir unseren Angriff starteten, besorgten wir uns einige Verbündete. Das waren einmal die Hundertarmigen, Söhne meines Opas Uranos und der Erdgöttin Gaia, gewaltige Riesen mit hundert Armen. Zum anderen die drei Kyklopen Brontes, Steropes und Arges, auch sie Söhne des Uranos und der Gaia. Damit waren sie Kronos' Brüder und meine Onkel. Schon Uranos hatte die Hundertarmigen und die drei einäugigen Kyklopen im Tartaros, tief im Bauch der Erde, eingeschlossen, wahrscheinlich weil sie ihm als Kinder reichlich peinlich waren. Und Kronos hatte sie nicht herausgelassen. Doch wir befreiten sie, weil wir starke Helfer brauchten. Die Kyklopen waren schon damals für ihre Schmiedekünste bekannt. Ich ließ mir von ihnen Blitze und Donnerkeile schmieden, meine besten Waffen. Und dann konnte der Krieg beginnen.

Elf Jahre sollte er dauern. An allen Ecken und Enden hat die Erde während dieser Zeit gedröhnt. Wenn Götter gegen Titanen kämpfen, sollte man besser in Deckung gehen. Die Berge haben gewackelt, die Meere gekocht, die Wälder gebrannt und die Länder wurden von unzähligen Erdbeben, die mein Bruder Poseidon verursachte, auseinandergerissen. Am Ende hatten wir die ganze Erde in Schutt und Asche gekämpft, das war kein schöner Anblick. Menschen sind dabei nicht zu Schaden gekommen, denn die gab es damals noch nicht. Prometheus hatte sie noch nicht erfunden. Es gab überhaupt keinen einzigen Toten in diesem langen Krieg, weil sowohl Titanen als auch Götter unsterblich sind.

Nach elf Jahren hatten wir Götter die Titanen mürbe gekämpft. Sie gaben auf und wurden von mir und meinen Geschwistern in den Tartaros geschickt, eine schier endlos große, finstere Höhle tief unter der Unterwelt, aus der es kein Entkommen gibt. Um ganz sicherzugehen, befahl ich den Hundertarmigen, die Titanen dort bis in alle Ewigkeit zu bewachen. Sie freuten sich nicht gerade über diesen Job. Aber was sollten sie machen? Ich war der neue Chef und alle mussten nach meiner Pfeife tanzen. Ein herrliches Gefühl, das kann ich dir sagen.

Wie ich der neue Chef wurde? Ich muss zugeben, dass ich dabei ein wenig Glück hatte. Allerdings musste ich dem Glück etwas nachhelfen, das erzähle ich dir gleich. Nach dem Krieg haben Poseidon, Hades und ich uns zusammengesetzt, um zu klären, wer der neue Herrscher wird. Unsere Schwestern haben wir zu diesem Treffen nicht eingeladen, sie kommen für die Weltherrschaft ja gar nicht infrage, weil sie Frauen sind. Mag sein, dass Hera und vielleicht auch Athene das anders sehen – aber da irren sie sich gewaltig.

Also, natürlich wollte ich der Big Boss werden, schließlich war der Krieg gegen Kronos und seine Kumpanen meine Idee. Aber meine Brüder waren älter als ich und meinten darum, dass einem von ihnen die Herrschaft zustehe. Beinahe kriegten wir uns über diese Frage in die Haare, es hätte wohl gleich einen neuen Krieg gegeben, wenn mir nicht die Sache mit den Losen eingefallen wäre.

»Lasst uns losen, liebe Brüder«, rief ich den beiden zu. »Wir werfen drei Lose in einen Krug und teilen so die Herrschaft untereinander auf. Das ist doch fair, oder?«

Hades und Poseidon stimmten zu. Ich kritzelte etwas auf drei Tonscherben, warf sie in einen Wasserkrug und ließ meinen Brüdern den Vortritt. Dass ich die Scherben ganz geschickt, wie soll ich sagen, präpariert hatte, war meinen Brüdern entgangen.

Hades zog als Erster. »Na toll!«, rief er wütend, als er das Wort auf der Scherbe gelesen hatte. Ich wusste schon, was daraufstand.

»Ich habe die Unterwelt gezogen«, brummte Hades. »Soll ich auf alle Zeiten in der Finsternis hausen? Da finde ich doch nie eine Frau. Und großartige Gesellschaft habe ich da auch nicht.«

»Das regelt sich«, sagte ich und hatte Mühe, mein Grinsen zu unterdrücken. »Jetzt bist du an der Reihe, Poseidon.«

Er zog die Scherbe, auf der das Wort »Meer« stand, und zuckte mit den Schultern.

»Ist okay«, sagte er. »Ein riesiges Reich. Aber recht nass.«

Ich zog die dritte Scherbe aus dem Krug, auf der stand »Himmel und Erde«.

»Das ist der Hauptgewinn«, grummelte Hades. »Ich finde nicht, dass das eine faire Aufteilung ist. Die Unterwelt ist wirklich …«

»Gelost ist gelost«, unterbrach ich meinen Bruder. »Daran wird jetzt nicht mehr gerüttelt. Oder seid ihr etwa anderer Meinung?«

»Nein, nein«, sagte Poseidon und schaute auf die Blitze, die ich in meiner Hand hielt. »Nimm du deinen Teil, kleiner Bruder, wir sind mit unserem zufrieden.«

»Das sehe ich genauso«, sagte ich. »Also, worauf wartet ihr? Es muss geherrscht werden. Die Welt wartet auf uns.«

Ja, so begann sie, meine Herrschaft über diese Welt. Sie wurde nur einmal infrage gestellt, und zwar von den Giganten. Aber wir Olympier haben sie in einer gewaltigen Schlacht besiegt (mein Sohn Herakles hat uns ein bisschen dabei geholfen), doch das ist schon wieder eine andere Geschichte. Seitdem hat es niemand mehr gewagt, meine Weltherrschaft anzuzweifeln, mich gar vom Olymp zu vertreiben. Denn es gibt niemanden, der mir gewachsen wäre, schon gar nicht ihr Menschen. Ich bin THE BIG BOSS. Ich habe gewaltige Kräfte. Und ich bin unsterblich. Das solltest du niemals vergessen. Ich werde auch in tausend, in zweitausend und in dreitausend Jahren noch über diese Welt herrschen. Daran gibt es überhaupt keinen Zweifel.

OLYMP
THRAKIEN
Troja
Lemnos
LYDIE
THESSALIEN
Larissa
Jolkos
Theben
Skyros
Phthia
Ithaka
Delphi
Aulis
Athen
Hypaepa
KYLLENE
Argos
Eleu-
sis
Ikaria
Delos
Lerna
Tiryns
Naxos
Peloponnes
Sparta
Seriphos
Lake-
daimon
Kythera
Kreta
Ida
Karthago
ATLASGEBIRGE

Findest du mein Zuhause, den OLYMP?
N
NO
O
SO
S
SW
W
NW
Schwarzes Meer
KAUKASUS
Hellespont
RHODOPE
KOLCHIS
LYDIEN
Agäis
PHÖNIZIEN
Zypern
Tyros
ÄGYPTEN
ÄTHIOPIEN